あとはご自由にどうぞ!
～チュートリアルで神様がラスボス倒しちゃったので、私は好き放題生きていく～ ②

著：鬼影スパナ
イラスト：lxy

JN103044

GCN文庫

CONTENTS

プロローグ

木の天井の上からダトダトと足音が聞こえる。この船を襲う海賊達《たち》の足音だ。

狼藉者《ろうぜきもの》達から逃げて、銀髪の美しいエルフの姉弟は船倉に逃げ込んでいた。

ここより下は海。もう後がない。逃げるのも限界だった。

雇っていた護衛は海賊共に倒され、海に落とされた。船倉の扉に閂《かんぬき》をかけてなるべく重い荷物を置いて蓋をしたものの、それもいつ破られるか分からない。

エルフは国外に出ることが珍しく、貴重で価値がある存在だ。見つかっても殺されることはないだろう。だが、捕まったらどのように扱われることか……想像するだけで鳥肌が立つ。

「姉様……」

不安げに服のすそを掴《つか》む弟を見て、姉は元気づけようとニコリと微笑《ほほえ》んだ。

逃げる際、姉の方は姿を、その尖《とが》った長耳を見られてしまっている。海賊達は「エルフ」を捜しているし、エルフが見つかるまでは間違いなく略奪は終わらない。

せめて弟は隠せるだろうか。船室で寝ていたところを抱え上げてきたので、まだ弟の姿は見られていないはずだ。


「ディー、ここに隠れて……！」

「姉様……っ」

エルフの姉が、弟を荷箱に押し込む。さらに、そこにできるだけ多くの保存食を入れる。

「訓練を思い出して。食べ物は少しずつ。水は水魔法で、排泄《はいせつ》は布に出して浄化魔法よ」

「……ッ」

何かを言いたげな弟に対し、姉はその口をそっと指で塞ぐ。

姉は、弟の前髪をかき上げ、その額に優しく親愛のキスをする。

「愛してるわ。ディー、どうか貴方《あなた》だけでも」

「……ッ、はい……ッ」

覚悟を決めた姉に、弟は涙をこらえて頷《うなず》いた。姉の震える手にも気付かないフリをして。

姉は、弟を荷箱に隠す。木魔法ででっぱりを作ると、そこに板を置いて仮の蓋とした。そこに別の箱の積み荷であった衣類を並べていく。これでぱっと見は、衣類を詰めた箱に見えるだろう。重さでもバレにくいはずだ。

船倉の扉を叩《たた》く音が聞こえる。ノックのような優しい音ではない。扉を蹴破ろうとする乱暴な音だ。

「おい開かねぇぞ！　エルフめ、ここに潜んでるんだ！　間違いねぇ！」

「こんな木の扉、ブチ破ってやるよォ！」

海賊達の無遠慮な叫び声。姉のエルフは、それを聞きつつも、心を落ち着かせるために深く息を吐いた。それでも心臓の音がうるさいほどに緊張している。

……得意な木魔法を使えば、多少は抵抗できるだろうか。

幸か不幸か、ここは四方八方を木に囲まれた船の中。魔法の触媒には事欠かない。

大地に根を張る生きた木ではないので、限度はあるが。弟のためにも、精々あがいてみせるとしよう。

「木魔法――ウッドランスッ」

手始めに、扉に木の槍《やり》を生やす。それは扉を蹴っていた海賊の足を貫いた。

「いだぁあっ!?　チクショウ、魔法だ！　扉にトゲ生やしやがった！」

「ギャハハ、ざまぁねぇな！　手当してもらってこいよ！」

「くそっ、俺の獲物だってのに……あだだ！」

木の槍はベキッと軽く折られ、海賊の1人は船倉の前から退いていった。……が、姉エルフの気は一向に落ち着かない。むしろ絶望の色が強くなっていた。

必死の抵抗で一矢報いたはずなのに、海賊達にとっては気楽なマヌケ話の一つでしかなかったのだから。


さらに状況が追い打ちをかける。

「うーし、今のうちに俺がエルフを捕まえて――」

「――捕まえて、どうするって？」

女性の声。

「あっ！　船長！　あ、いや、その。モチロン船長に献上しようってぇ話っすよぉ！」

「アハッ！　そいつは殊勝な心掛けだ。そういうことにしといてあげるわ」

船長と呼ばれる女性が、船倉の前に来たようだ。そして。


ドガンッ!!　と、たったの一撃で扉は蹴破られた。扉の後ろに置いていた荷箱も併せて吹っ飛ばされ、中身がぶちまけられる。

「こんな扉、アタシにかかれば一発なんだワ」

「さすがマリリン船長！　年季が違――」

　海賊の1人が、ついでに船倉の中に蹴り込まれた。水平に飛び、中の荷箱に当たる。いくつかの荷箱が割れた。……不幸中の幸いか、弟の入った箱は無事。

「さて、エルフちゃーん？　出ておいでー、殺したりはしないから……今のに巻き込まれて死んでたりしないよねぇー？」

　船倉に、コツ、コツとヒールの音を立てながら入ってくる海賊の頭領。赤髪の美しい女性だった。

「ウッドランスッ」

　姉は、そんな頭領に果敢にも攻撃を仕掛ける。ウッドランスによる奇襲。しかし飛んでくる木の短槍《たんそう》を、海賊の頭領はあっさりと掴んで止めてみせた。


「みぃーーーつけた」

　眼帯を着けていない方の目で、海賊の頭領はエルフ姉を見た。肉食獣のような笑みに、背筋の凍るような感覚を抱いたエルフ姉。距離を取ってさらにウッドランスを放つ。

「ちょっとォ？　無駄な抵抗止《や》めてくんないかなァ？　エルフは高く売れるし、なるべく傷つけないであげようって優しさ、分かんない？」

「うる、さいっ！　私は、虜囚などには……ウッドランスッ」

だが、海賊の頭領には一向に通用しない。魔力の限界まで振り絞り、息切れしてきた。

その隙を海賊の頭領は逃さない。悠々と距離を詰めていく。

「はい、どーん！」

「ぐっ……うぇっ……」

エルフの腹に拳を叩き込み、蹲《うずくま》らせる。それでも、先ほど海賊の一味を蹴り飛ばした力を考えればだいぶ手加減しているのだろう。

「はい、エルフゲット！」

手際よく縛り上げ、猿轡《さるぐつわ》を噛《か》ませ、新たにやってきた手下に、エルフを投げて渡す。

「一味のみんなぁー？　この部屋の積み荷も残さず全部奪っちゃってねー」

略奪の命令に、海賊達は笑顔で従う。

こうして、エルフ達の乗っていた商船は、海賊に全てを奪われた。

第一章

私カリーナちゃん！　ここからしばらくは前回までのあらすじ!!

男だった私は、神様に可愛《かわい》らしい女の子にされた上で「混沌《こんとん》神を倒してこい」と言われたの。でもチュートリアルの名目で神様自身が大暴れ！　錬金王国ごと混沌神を滅ぼして、私は実働１分でお役御免！

無敵の空間魔法だけ持たされて、「あとはご自由にどうぞ」と放り出されたの。

かくして私はこの世界を好き放題生きることになったわけ。で、とりあえず近くのソラシドーレって町で冒険者・商人デビュー！　そっからなんやかんやあってハルミカヅチお姉様にユニコーンに近づけない身体《からだ》にされたり、サティたんにお持ち帰りされてお酒買わされたり、奴隷のアイシアを買って治したり、ソラシドーレの危機を救って手柄を先輩冒険者にぶん投げたりしました。さーて、今回はどんな冒険が待っているのカシラ!?

——はい。というわけで、なんとなくキリが良い気配がしたので今までのことをあらすじみたいにまとめてみたよ。たまに振り返るのってすごく大事だよね。でも都合の悪いところは良い感じに忘れておこう。神様にいいようにしてやられたところとか……


あ、それと今私は港町ヴェーラルドの門のとこに居ます。はい。取調室です。

アイシアと一緒に荷車引いてえっちらおっちらソラシドーレの門を出て、そこから空間魔法駆使してヴェーラルドの門前までショートカット。さーて入町審査だー、と意気込んでいったところ、門番に捕まってしまったのだ。

そういやソラシドーレでも捕まってたな。私と門番はきっと相性が悪い。


「このソラシドーレ出町記録は本日の昼だな。早すぎる、偽物だろう」

「商人ギルドのギルド証だぞ？　偽造なんてありえるか？」

「現実に目の前にある。……積み荷はギルド証のものと一致しているな。数も問題ない」

「冒険者ギルドの依頼物もあるのか？　そちらもグルということか!?」

門を守る兵士の皆さん、お疲れ様です！　ご迷惑おかけしています！

ってか聞いてないよ！　商人ギルドのギルド証には町の入出に日付込みの記録が入ってるなんて！　荷物についても記録があるとかハイテクな機能ついてんなぁ、税金対策かよぉ!?

「どちらにせよこれは大問題だ。俺達は何か巨大な犯罪の尻尾を掴んでしまったのかもしれない……！　現場では判断が付けられない。おい、上とギルドに問い合わせ――」

「み、皆様ぁ！　こちらを、こちらをご覧くださいぃ！」

私は5円玉の偽造催眠身分証をかざす。催眠でいい具合に許可を出してくれる万能身分証だ。私を取り囲んで話をしていた兵士の皆さんの目がとろんと優しくなった。

「……ああ、なんだ。最初からそれを出してくれれば。よし、こちらも入町許可を」

「あああ待って待って！　それは今度でいいです。一旦帰るんで！」

「む？　しかし仕事だしな……」

「ちゅーーーもーーーーく！　身分証、この身分証に免じてどうにか！」

「そうか。分かった」

っぶねー！　あっぶねーよこれ。あー、ビックリした。超焦ったぁ。不審な状態での入出記録がギルド証に残ってしまうところだった。あって良かった偽造身分証。ギルド証作った時点で神様に返納しないで良かったよぉ。やっぱり重要アイテムはとっておくもんだね。使いすぎると相手の頭がパーになるらしいから使いどころは限定しないとだけど。

門から逃げ出すようにして、私とアイシアは一旦来た道を引き返す。

「……何も悪いことしてないのに、なんだろうこの罪悪感は」

「まったくです。あるじ様を足止めするだなんて、不敬な番兵ですね」

ハーフエルフで私の奴隷、アイシアが門の方角を睨《にら》む。……ちゃんと仕事してるって証明だから、一般人視点では頼もしいと思うよ？　今の私に都合が悪かっただけで。

アイシアも、ギルド証に日時が記録されていることは知らなかったらしい。普通に使っていれば気付かないし気にしないことなんだろうね。


だが、このままじゃ町に入れない。いや、入ろうと思えば勝手に中に入ることもできるんだけど、入退で記録がされる以上、町中でギルド証を使えば不正な記録が残ってしまうということだ。それを避けるため冒険者としても商人としても仕事ができない。カリーナ・ショーニン的にそれでは意味がない。

いや、ここは逆に考えよう。勝手に町の中に入ってギルド証を使った結果、「違法侵入だ！」と騒がれなくてよかったんだ、と。

「……仕方ない、５日くらい時間潰すかぁ」

要するに、時間が早すぎたのが問題だったのであり、普通に違和感のない時間になるまで待機すれば何の問題もない。

「ま、休暇だと思ってのんびりしようか。アイシア」

「はい、あるじ様」

私は周囲に誰もいないことを確認し、アイシアを連れて空間魔法の拠点へ移動した。

＊　＊　＊

というわけで収納空間に引き籠り、コッショリ君を展開して自分の身体について調査をしてみたりもして時間を潰しました。

余ってた木を空間魔法で加工して小物を作ったりしていたので、木工スキルの腕前も上がったと思われます。こう、棒状のものとか、歯ブラシとか。木の繊維で歯ブラシなんかも作ってみたけどこれは硬くてちょっと痛かった。毛皮の毛の方は逆に柔らかすぎたけど、別の使い道的には両方とも中々――って、これはさておく。まぁ、なんだ。次はもっとうまく作ろう。

「あるじ様。修行お疲れ様でした」

「お、おう」

もちろんアイシアには自分の身体で楽しんでいたことなんて恥ずかしくて言えないので、修行をしていたことにした。ヌメヌメな体液を出す能力を鍛える修行……無理があるか。

いやね、アイシアのことも一度は抱いたさ。だけど改めて誘おうとなるとやっぱり気恥ずかしいというか、あの時はオークキングのせいで身体に異常をきたしていたというか。

……つまり手を出すための理由が欲しい。アイシアが納得してくれるレベルで。

奴隷といっても無理やりする気はないのよ私は。少なくとも私は同性——男とエロいことしろって命令されたら嫌だもん。そうしなきゃ死ぬってんなら渋々納得するかもって感じ。


ともあれ、数日ぶり2度目の港町ヴェーラルド。犬耳の兵士さんが私のギルド証を確認してくれている。

「出立がソラシドーレ、8日前。荷物も問題ないようだな、通って良し。ようこそヴェーラルドへ」

うん、5日予定のはずが3日追加されてるなって？　ちょっと考察とか実験とかに夢中になってたんだよ察せ。いや待ってやっぱ気付かないで。気付いても気付かないフリして。

私はほんの少しの気まずさを内に秘め、門を通る。と、兵士さんがそっと声をかけてきた。

「……その、差し出がましいようだが、洗浄魔法はもう少し強めにかけておくといいと思うぞ？　余計なトラブルを招かないようにな？　あと風呂屋は町の中央あたりにあるからな？」

「……ハイ、アリガトウゴザイマス」

に、臭うか？　そんなに臭うか!?　風呂屋を勧めるくらい!?

アイシアは気付いて……気付いてないよな!?　と、冷や汗を隠しつつ、チラッとアイシアを見る。にこっと笑顔で返された。どっちだ!?　分かっててスルーしてくれてるのか!?

思春期の子供を見守るお母さんみたいな感じで!?

思考がグルグルして集中できないまま、私達は荷車を引いてヴェーラルドへと入った。

街並みはあまり変わりないが、ソラシドーレより石造りの建物が多い気がする。潮風に強いからだろうか？　空気から海のニオイがする気がした。

まずは配達依頼を先に片付けてしまおう。歩きながら自分に洗浄魔法を掛けつつ、冒険者ギルドを探す。

ソラシドーレの冒険者ギルドと似た感じの建物があった。……ってやっべ、さすがに建物の中に入るのに荷車を持ってけないよねぇ。そこらに無料駐車場とかもないだろうし……

「あるじ様、私が荷車を見ておきましょうか？」

「いや、ここは拠点に置いとこう。荷車で荷物を持って入ったことでもう用は済んでるし……名目的には、宿に預けたってところかな？」

実際、収納空間の拠点は私の寝泊まりする場所だし間違っちゃいないよね。


何の変哲もない町角を曲がりつつ、同時に拠点へと移動する。

もし追手がいても私が角を曲がった時点で見失ったと判断できる消え方だ。別に追手とかいないけど。……前と横からの視線に弱いか？　光学迷彩でも開発するかなぁ。


アイシアにはそのまま拠点の方で休んでてもらい、私はリュックを背負い、配達依頼の箱を抱えて再度冒険者ギルドへ向かう。

「ちわーっす。配達依頼のお届け物ってどこに置けばいいっすかー？」

「あら、その箱はソラシドーレのね？　こっちに持ってきて頂戴」

昔は美人受付嬢だったんだろうなぁ、という感じのおば様に呼ばれてカウンターに荷物を置く。

「開けた形跡なし……っと。はい、受け取りました。依頼達成ね、これが報酬よ」

「あざっす。あと、商人ギルドはどこですか？」

「ギルドを出て右手の方に少し行ったところにあるわね」

「あざーっす」

うんうん、アッサリとしたものだ。流れるように話が進み、特に絡まれることもない。これが普通なんだよな。ソラシドーレでも最初冒険者登録しようとした時にブレイド先輩に絡まれた以外は特に何もなかったわけだし。

と、ふと門の兵士に風呂屋を勧められていたことを思い出す。

……まさか私が臭すぎて近寄りたくないとか、じゃ、ないよな??

……

商人ギルド行く前に風呂屋行こっかな。うん。美少女だから身体からはいい匂いしかしないはずなのだけどなぁ、なんつって。


というわけで風呂屋へ向かう。そう、この世界には公衆浴場があるのだ。

文明レベル低いのにそんな水や燃料をじゃぶじゃぶ使うほど余裕があるのか？　と考えるかもしれないが、その辺は別に魔法がある世界なのでまったく問題ないらしい。

実は風呂屋はソラシドーレにもあった。入浴料かかるし生活魔法の洗浄で十分綺麗《きれい》になるから一度も行ってなかったけど。

門番に勧められたからには一度行っておくのもいいかなって。
こちとら日本生まれの日本育ち、お風呂には一家言ある風呂の民だぜ。異世界の風呂屋がどんなもんか興味がないといえば嘘《うそ》になる。そう、つまりこれは異世界風呂屋の視察である。別に身体が臭いから入りに行くわけではないのだ。視察なのだ。

少し歩けば風呂屋はすぐに見つかった。

まずは風呂屋の外見だけど、石造りの土台に石膏《せっこう》の白い壁。入り口には暖簾《のれん》が掛かっており……暖簾って。銭湯かよ。銭湯だったわ。
青い暖簾をくぐれば、そこにあるのは靴箱だ。思う所はあるが、とりあえず靴脱いで靴箱にぶち込む。鍵は木の板に切れ込みが入ってるやつだった。すのこが敷いてあって素足でも歩きやすい。そんで番台とかあるし、実に銭湯っぽい。
うーん、異世界の風呂屋がここまで日本の銭湯に似ているとは驚きだ。きっと、風呂屋という機能を突き詰めたら同じ形式になるのだろう――

――ってんなわけあるかよ！

絶対転生者とかだってこれ造ったの。間違いないって。日本でもこんなコテコテな銭湯行ったことないぞ!?　凝りすぎだろ！

私以外にも神様にこの世界に放り込まれた奴《やつ》がいるんだろうか。だとしたら異国情緒の分からん奴め……いや、異国だからこそ、帰れぬ日本を思って造ったとか？　それとも神様が趣味で造らせたとか？　無駄に日本の知識多そうだったもんなぁ神様。

そこらに銭湯の由来を書いた板とか置いてないかな……無いか。じゃあいいや。別に他に転生者とかいたところでどうでもいいしな。

ま、知らない転生者のことはほっといてお風呂だお風呂。

私は爺《じい》さんか婆《ばあ》さんか、目が開いてんのか閉じてんのかも分かんねぇ番頭さんに入浴料を払う。中銅貨1枚とお手頃価格。毎日入るには少し贅沢《ぜいたく》かもしれないが、それなりに客はいる模様。

お、石鹸《せっけん》と手ぬぐいも売ってんの？　買う買う。1回分のチビ石鹸可愛いねぇ。手ぬぐいはレンタルとかじゃなくて買い切りね、大銅貨1枚。ハイハイ。

脱衣所。ここもすごく銭湯だ。棚に籠が置いてあって、そこに脱いだ服を入れておくやつ。私はこの数日ですっかり慣れたようにするっと服を脱ぎ去り、一瞬で真っ裸《マッパ》になった。

「さーて、ひとっぷろ浴びるかぁー！」

意気込みと共に浴室に入ると、ざわっと視線が集まった。なんだオッサンこっち見んな……

……やっべ。私今女だった!!

「しっ、失礼！　間違え申した!!　しからばごめん!!」

ぎゅんっと勢いをつけて引き返し、籠に突っ込んだ服を引っ掴んで赤い暖簾の方へ。

あっぶねぇ……おっぱいは見られたか？　下はセーフか？　手ぬぐいで隠してたし！

「うわぁ、焦ったー。ふぅー……」

女性脱衣所に入ったところで一息つく。

隣から「痴女だー！」「どこに逃げた!?　背中流してあげるよー！」「おい、女物の下着落ちてるぞ！」とかいう声が聞こえたけど知らん。……いや待て、下着落としてたか？ん？　いや、ちゃんとあるな??　それ私のじゃないぞ。怖っ。

さて、改めてお風呂入ろうかね。

しかし、なんか空気からしてむわっとした甘い匂いな気がするんだけど、男湯とはお湯の成分が違ったりする？　違うんだろうなぁ、出汁《ダシ》が!!

「ふへっ……いやまぁ、今は私も女だしね。うんうん、不可抗力不可抗力」

いざゆかん、女の園！　私は浴室へと足を踏み入れた。

＊　＊　＊

いやぁ、おばちゃん達にめっちゃ可愛がられたぁー。

「あはは、村から出てきて初めてのお風呂だったんだ？　間違えて男湯に行っちゃうなんて馬鹿だねぇ」

「村では男衆と一緒に入ってたのかい？　女は共同ってタイプの村だったのか、たまにある。でも、町じゃ男湯に入るのは乳離れできない子供だけだよ」

「色街ならそういう商売のところもあるけど、ここは領主様の風呂屋だからダメって覚えときなね」

そんな感じ。雑談IN湯船だった。オバちゃんとオバーちゃんしかいねぇー！　現実はせちがれぇな。あ、恐縮です。ドモ。ウス、あざす。

……つーか、なんかこうおばちゃん達のより自分の胸の方がイヤラシイ感じで逆に恥ずかしかったんだけど。ハリというか、若さというか……臨戦態勢感が？　修行の成果が出ちゃったかな。

「にしても良い身体してんね。ちょっと揉《も》ませてよ、ご利益ありそうだし」

「……あとでフルーツ牛乳でも奢《おご》ってくれるなら？」

「ちゃっかりしてるね！　じゃあ私のも揉んでいいよ。子供5人を育てあげた自慢の乳だから、育児のご利益があるかもよ」

「あはは。マリア婆の胸なら安産も期待できるねぇ」

「わー、ありがたやー」

と、オバーちゃんと乳を揉み合う。いやらしさのまったくない診察感。

「カリちゃん、ウチもひと揉み良いかい？　ダンナと最近ご無沙汰でさぁ」

「あっハイどうぞ」

なんていうか、あれだね。単に胸にお肉があるのは、おっぱいとは違うんだなぁって。柔らかい肉がそこにあればいいってもんじゃねぇんだな……神様の言う「羞恥心こそ最高のスパイス」っていうの、なんか分かっちゃった気がするわぁ。


あ、奢りのフルーツ牛乳は普通に美味《おい》しかったです。瓶じゃなくてコップだったけど、腰に手を当ててイッキがマナーだそうな。それなら知ってるぜ、ぷはー。

と、いうわけで。

お風呂ですっかり綺麗になった私がやってきました商人ギルド！

オバちゃん達にも「ほらココしっかり洗わないと！」「耳の後ろ忘れがちだからねぇ」「なんだ尻尾は無いのかい。てっきりアレな時期の獣人かと」とか言われつつばっちり身体中を洗ったので、もう体臭を気にする必要はないってなもんよ。……少なくとも今日明日くらいは。

「さーて、お酒買ってくれるとこあるかなー」

サティたん曰《いわ》く、商人ギルドに聞けばお酒を売れるお店とかを教えてくれるらしい。面倒ならギルドに直《じか》で卸してもいいそうな、その分相場より若干安く買い取られて利益は減るけど。ついでにハルミカヅチお姉様に頼まれたおつかいの品もどこで売ってるか聞いとこうかな。

そんなワクワクした気持ちで商人ギルドに足を踏み入れたところ、中に海賊が居ました。

バンダナを巻いた船員がテーブルを埋め尽くして乾杯していたり、腕相撲で盛り上がっていたり、黒髭《くろひげ》の男がガハハと酒を飲んでいたり、ドクロマーク付きの船長帽を被《かぶ》った眼帯の美女に侍《はべ》っていたり……何あれ逆ハーレム海賊団？

「……失礼しましたー」

首をかしげつつ、一旦外に出て看板を見る。あれ。やっぱり商人ギルドだ。

改めて入ると、一応受付っぽいところがあったので、そこにいた職員らしき男の人に話しかけてみる。

「あのぅ、ここって商人ギルド……ですか？」

「そうだが」

嘘ぉ!? どう見てもここにいるの海賊なんだが!? どう見ても海賊のアジトなんだが!?

あるいは海賊に制圧された後の酒場なんだが!?


「あー……お嬢さん、ヴェーラルドは初めてか？」

私が呆気《あっけ》に取られていると、職員らしい男の人がそう聞いてきた。

「あ、はい。初めてです」

「なら今お嬢ちゃんは『まるで海賊のアジトだ』と思ったことだろう」

「ええ、まぁ」

「大体合ってる。海賊は海の商人の一種だしな」

海賊――私掠船《しりゃくせん》乗務員。交易許可のない船から積み荷を奪うことを生業《なりわい》とする者達。

なんと国の許可を得ている『公務員』であるらしい。

そうなのか……じゃあ勝手に海賊を襲ってお宝奪うとかしちゃだめなのかぁ。

「丁度彼らも一仕事終えたところでね。興奮状態だから近づかない方が良いよ。それで何の用かな」

「あ、はい。免許ナシで酒を売れる場所を教えてください」

「酒免許は無しか、了解。おススメの酒問屋は――」

「おう！　酒か！　俺が買ってやろうか！　丁度酒が欲しかったんだ」

私と職員さんの話に割り込んでくる悪人面の海賊。サンタクロースの髭を黒くしたような立派な髭をお持ちで、他の人と比べてかなり体格が良い、ちょっと強そうな雰囲気を醸し出している。腰には単発式の拳銃……この世界、銃あるんだ。へぇ。

私は一旦職員さんに質問する。

「職員さん、この人酒免許持ってます？」

「……持ってないね。３本までなら個人取引としていいところだけど」

「じゃあ3本だけかなぁ。代金は――」

「ほらよっ！」

そう言って、ちゃりんちゃりん、と銅貨3枚を投げてくる。

床に散らばる3枚の銅貨。

あん？

「さっさと拾えよ。ああ、お前を一晩買ってやってもいいぞ」

「職員さーん、あの人お金落としましたよ。それとも喧嘩《けんか》を売りに来たんですかね」

「ちょ、ゴメスさん!! ギルド員同士の揉め事は御法度ですよ！」

「いいじゃねぇか。船長ほどじゃねぇが中々いい面してるし……よし、いいぜ。一晩相手してやるよ」

そう言って酒臭い息で肩を抱こうとしてきたので、私はするりと身をかわした。折角風呂屋で綺麗にしてきたのに汚い手で触るんじゃねぇよ？

まったくブレイド先輩とは大違い――いや、よく考えるとブレイド先輩もこんな感じだったっけ？ うーん、このゴメスってのも実はいい人だったりするんだろうか……

「フッ、私を買いたければ金貨100枚持ってくるんだな、酔っ払い」

「100枚か？ そうだなぁ、俺の女になるなら考えてやらんでもないぜ」

ブレイド先輩を撃退した私の決め台詞《ぜりふ》に海賊ゴメスがそう返す。マジかよ。海賊そんな稼げんの？ まぁだとしても――

「――やめとくわ。だって、めっちゃケチみたいだし」

「は？　俺様のどこがケチだって？」

「頭も悪いの？　そこの銅貨３枚とかドケチの証明じゃん。そんなちっちぇえ男に靡《なび》く女なんていねーわ」

しかも「やる」じゃなくて「考えてやる」だし。結局くれないやつじゃん。

「だ、だ、だ、誰がちっちぇぇだと!?」

「お？　この程度で怒っちゃう器の小さい男がいるのかなぁー？　どこどこー？　小さすぎて見えないヤツぅー？　小指より小さいヤツなんておりゅぅー？」

小指をクイクイ曲げて挑発する。

「ーーーーッ!!」

あらあら、ゴメスさんお顔が真っ赤ですことよ。

「ちょ、あなた何煽《あお》ってるんですか！」

「えー？　やだなぁ職員さん。これで怒るのは自分の器が小さいと認めるってことでしょ？　器の大きい人ならまったく関係ない話だって。ん？　まさか職員さん、ここにそんな器の小さい人がいるとおっしゃってる？」

「…………いえ、その!?」

肯定すれば目の前のコイツを器が小さいと認めることになる。ごめんねー、職員さん。巻き込んじゃった。でもこれでゴメスも簡単には私に手を出せなくなる。

「フーッ、フーッ……！」

精一杯呼吸を整えてるゴメス。職員さんが言い淀《よど》んだことで、ここで怒ったら自分で自分を小物って認めちゃうことになると気付いたのだろう。フフフ。

「あ。職員さーん。売り買いしていいか分からない商品はギルドに聞けって話だったんで一応聞いときますけどぉ、喧嘩は買ってもいいいんですかぁ？」

「やめてください……」

「んじゃあ、この状況の原因になっちゃったお酒を、商人ギルドの酒場《ここ》に全部買い取ってほしいんですけど。それって大丈夫ですか？　あ、相場で大丈夫なんで」

「……分かりました、相場で買います」

よし、利確！　サティたんから買い付けたお酒全部相場で売り抜けたぞー！　商人ギルド相手だし、相場でと約束したからにはボッタクられる心配もないだろう。もしてたら言いふらして評判落としてやるだけだ。

「というわけなんで、お酒は改めてギルドの方から買ってくださいねー。あ、でも銅貨3枚しか持ってないいんじゃ買えないか。ママに買ってもらってね」

「あぁあああ!?　なんだとテメェー！」

おおっと、海賊がブチギレちゃったぞ。いや、まだ殴りかかってこないだけチンピラより冷静かな。

「ちょっとぉキミィー？　ウチの船員をからかわないでくれるかなー？」

と、船長帽を被った赤髪ショートツインテの眼帯美女が話しかけてきた。コツ、コツ、と足音を鳴らしながらこちらに歩いてくる。黒ストッキングの足が艶《なま》めかしい。

「ま、マリリン船長っ」

「ゴメス君。キミもさぁ、そんな安い挑発に乗るようじゃダメじゃん？　マリンベル海賊団の格が下がるんだワ。つーか女の口説き方がなってない。ぶっちゃけ0点？」

にこやかに、しかし怒りを伴ってゴメスを叱る船長。

「す、すみません船長！　ですがコイツが！」

いや、全面的に絡んできたゴメスが悪いと思うよ。

「まぁ私としちゃ謝ってくれるなら許すけど？」

「ハハッ、言うねぇーキミ」

と、マリリン船長が私を品定めするように上から下まで見る。

「ふぅん……若いねぇ。怖いものなんて何もないお年頃、ってカンジ？」

「いやぁ、お姉さんもお綺麗ですよ！」

「あはっ！　知ってる」

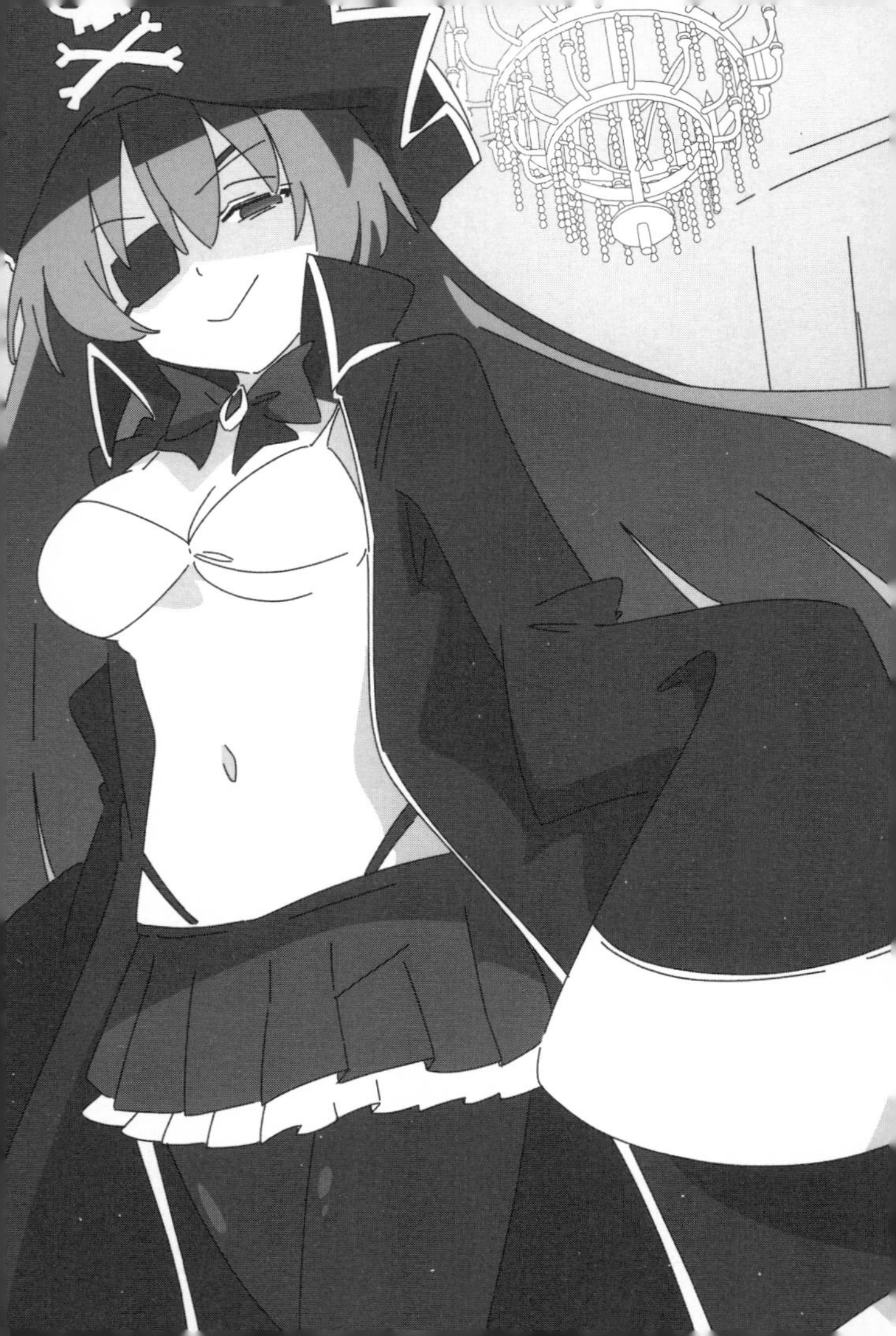

ニコッと笑うマリリン船長。あ、でも目が笑ってない。

「褒めてくれたところで悪いんだけど、アタシら海賊には面子《メンツ》ってモンがあるの。ナメられたら終わりなのよねぇ。……そうだ！　飲み比べで勝負しない？　どうやら丁度お酒が入荷したみたいだし……いけるよねぇゴメス!?」

「マリリン船長のご命令とあらば！」

びしっと敬礼するゴメス。酔っ払いとは思えない機敏な動きだ。

「よーしいい返事だ。キミはどぉ？　受ける？」

ニコリと笑いかけられる。飲み比べ……ふむ。私は正直お酒に弱い。普通に考えれば避けるべき戦い。

「負けた方の奢りで、あと私が勝ったら船長さんの靴下ください！」

しかし私は退《ひ》かなかった。そこに獲物《くつした》があったから。

「……これ結構高いんだけど」

と、太ももあたりのストッキングをつまんで、ぱちんと離す。というかナイロンっぽいんだけどそれどこで売ってんだろ。明らかに縫製技術レベルが違うんだけど……まぁ靴下好き神様の世界だしそういうもんか。

「まぁ勝てばいいか。ゴメス、こんな小娘に負けんじゃないよ！」

「う、うす！」

かくして、私とゴメスの飲み比べ勝負が始まった。

「私が負けたら酒代分を身体で払ってやんよ！　神様に誓ってもいいぜ？」

「上等だテメェ！」

ご照覧あれ神様。大丈夫、勝算ならある。というか勝算しかない。

サティたんにお酒で潰されてから、お酒に対する対策として考えていた方法がある。それを使えば私は、いくら酒を口にしても酔うことはない――

――そう、空間魔法ならね！

＊＊＊

「はー、ちょっと火照ってきちゃったぁ。職員さん、おかわり！」

「……ば、化け物……かよ……!!　お、おが、わりっ」

いやぁー、ワインをひと樽《たる》分は空けちゃったなぁ。

あ、私はワイン、ゴメスは私の仕入れた酒で勝負してたんだよ。商人として、お互いにお互いの仕入れた酒で勝負だって追加ルール言ってきてさ。

いやぁ、アルコール度数の差で有利に立とうっていう姑息《こそく》な手段が丸見えだねぇ！　でもこちらも異論なかったから受けたんだ。

モチロン、見ての通り私は一切酔ってないよ！　火照ってるのはお酒のニオイで少し酔ったから。本当にたったそれだけだ。

え？　お酒に弱いはずの私がこうしてザルの如《ごと》く酒を飲めている方法が気になるって？

やり方は簡単。空間魔法で酒が口に入る直前に水にすり替え、その水も胃袋に入る瞬間収納空間に戻す。

これにより、私はゴメスの奢りで収納空間にお酒を備蓄することに成功したのだ！　備蓄は、あとでゆっくり楽しむもよし、空きビンに詰めて売ってもよし。口をつける前に水と替えたから飲みかけでもないからね。

赤ワインも白ワインも美味しく頂きまーす。いえーい。

横を見れば、ゴメスがフラフラと身体を揺らしていた。目の焦点も定かではない、こりゃ限界だな。

「お？　お？　どうした、もうギブアップか？」

「……おぼろろろろげばぁ」

「うわ汚ねぇなーオイ。折角の酒を吐くんじゃねぇよ」

と、ゴメスが口と鼻から酒を吹き出して倒れた。急性アルコール中毒とか大丈夫？　知らんけど。良い子はこんな無茶な飲み方、真似しちゃダメだよ!!

「ともあれ、これで私の勝利だな！　いえーい私の勝ちぃー！　職員さん、請求は約束通りこいつらにヨロシクね！」

「……ハイ」

職員さんも私の身体のどこにこんだけの酒が入ったんだ、と驚いている。

「おうテメーら、これに懲《こ》りたら私に絡むんじゃねーぞ。文句のある奴は飲み比べで勝負してやらぁ!!　がはは!!」

「ぐ、ぐぬぬっ」

「お、お、覚えてやがれっ！」

私がそう言うと、海賊共はゴメスを担いで酒場から去っていった。ガラーンとしたラウンジスペース。おや、おつまみのチーズやらが残されていてもったいないじゃないか。手を付けてないヤツ貰《もら》っていい？　あ、むしろ今からおつまみ頼んでもアイツのツケになるかなぁ。

「ねぇ職員さん。てかこれは食い逃げにならないの？」

「商人ギルドの口座から引き落としですね」

便利だなぁ商人ギルド。えへへ、ゴチになりまーす。

……ん？　ちょっと待って？　マリリン船長のストッキング貰ってないぞ!?　っていうか今気付いたけど、さっき逃げた中に船長がいなかったんですけど!?　勝負の途中でさっさと逃げちゃってたってこと!?　ったく約束守れよぉ！　天罰下るぞコラー!!

#Side海賊

俺はゴメス。マリンベル海賊団の大幹部をやっている。

海賊というのはこの町の平和を守る偉い仕事だ。取引する相手がこの町を治める貴族であり、俺達海賊はその直属の部下ということになる。

だから、俺達は偉い。だから、何をやってもいいのだ。

先日も、エルフが乗っているという商船を襲ってやった。そいつらは航路を使う許可が切れていた犯罪者だったのだ。……本当はあと3日ほど残ってたが、誤差だ誤差。

肝心のエルフについてはマリリン船長に見つかっちまったから食えなかったが……

そんな鬱憤を晴らすように商業ギルドで手下達と飲んでいると、身綺麗な女が入ってきた。聞き耳を立てて盗み聞きすると、酒を持ち込んできたらしい。

グフフ、ここはマリンベル海賊団の大幹部が面倒見てやろうじゃねぇか。

「おう！　酒か！　俺が買ってやろうか！　丁度酒が欲しかったんだ」

そう声をかけると3本の酒を売るといってきた。……しかし、カバンの中を見ると、ソラシドーレの林檎《りんご》酒と蜂蜜酒。どちらも酒精の弱くて甘ったるい酒だった。

要らねぇなぁ。と思ったものの、買うといったからには買わねばならん。全部タダで寄《よ》越《こ》せと言いたいところだが商業ギルドの手前、金のやり取りは必要だ。

だから1本銅貨1枚でいいよな？

まったく、そんな酒を持ち込みやがって。反省しろ。

てか、俺が買ってやった実績が得られるんだから、嬉《うれ》しいだろ？　ああそうだ。その身体でも反省を示してもらうのが良いなぁ。グフフ。

「ちょ、ゴメスさん!!　ギルド員同士の揉め事は御法度ですよ！」

「いいじゃねぇか。船長ほどじゃねぇが中々いい面してるし……よし、いいぜ。一晩相手してやるよ」

と、女の肩を掴もうとしたらスカッと手が空を切った。

……あん？　何避《よ》けてんだ？

「フッ、私を買いたければ金貨100枚持ってくるんだな、酔っ払い」

何言ってんだ、金貨100枚？　ああ、聞き間違えた。銀貨100枚か。

まったく、よほど自分を高く売り込みてぇようだなぁ？

「100枚か？　そうだなぁ、俺の女になるなら考えてやらんでもないぜ」

俺を満足させたなら、払ってやろう。そんな俺の親切な提案を、女は鼻で笑いやがった。

しかも、俺を指して……ケチで短小だとぉ!?　テメェ……!!

「ちょ、あなた何煽ってるんですか！」

「えー？　やだなぁ職員さん。これで怒るのは自分の器が小さいと認めるってことでしょ？　器の大きい人ならまったく関係ない話だって。ん？　まさか職員さん、ここにそんな器の小さい人がいるとおっしゃってる？」

「…………いえ、その!?」

気まずそうにこちらを見る職員。おい、それはつまり、俺が小さいってコトか!?

俺が冷静に小娘の戯言《たわごと》を聞き流していると、酒はギルドの方で買い取ることになったらしい。チッ。まったく、物の道理も分からん小娘が。俺に酒を貢げば、俺の女にもなれたってのによ。マリンベル海賊団の大幹部様だぞ俺は。

そうだ、マリンベル海賊団の大幹部たる俺は、この程度の挑発に乗ったりしねぇ。

「というわけなんで、お酒は改めてギルドの方から買ってくださいねー。あ、でも銅貨3枚しか持ってないんじゃ買えないか。ママに買ってもらってね」

「あぁあああ!? なんだとテメェー!」

このクソ女め、ぶっ殺してやろうか!? と、拳を振り上げたところで、鐘のような包容力のある声が響いた。

「ちょっとぉキミィー? ウチの船員をからかわないでくれるかなー?」

と、マリリン船長がコツ、コツ、と足音を鳴らしながらこちらに歩いてくる。黒ストッキングの足が艶めかしく、胸がぷるんと揺れていた。

「ま、マリリン船長っ」

「ゴメス君。キミもさぁ、そんな安い挑発に乗るようじゃダメじゃん? マリンベル海賊団の格が下がるんだワ。つーか女の口説き方がなってない。ぶっちゃけ0点?」

船長から叱られてしまった……目が笑ってない。ぐぬぬ……っ！

「す、すみません船長！　ですがコイツが！」

「まぁ私としちゃ謝ってくれるなら許すけど？」

コイツ、俺を無視してマリリン船長に話しかけやがった！　頭《ず》が高ぇんだよ、頭下げろや！

「ハハッ、言うねぇーキミ。ふぅん……若いねぇ。怖いものなんて何もないお年頃、ってカンジ？」

「いやぁ、お姉さんもお綺麗ですよ！」

「あはっ！　知ってる」

マリリン船長が小娘を品定めすると、小娘もさすがに船長の偉大さを感じ取ったのか褒め称《たた》えた。ヘッ、だがマリリン船長のすごさを本当には感じ取っていないだろう。マリリン船長は、一見17歳ほどの娘に見えるが――伝説の海賊なのだ。

歳《とし》の話をすると怒るので口には出せねぇが、実は俺がガキの頃からこの美貌を携えて海の男達を従えている。一説には『人魚の肝を食べて不老不死になった』だの『神様から永遠の若さを授かった』だの言われている。

そんなマリリン船長が、小娘の顎をクイと上げて言う。

「褒めてくれたところで悪いんだけど、アタシら海賊には面子ってモンがあるの。ナメられたら終わりなのよねぇ。……そうだ！　飲み比べで勝負しない？　どうやら丁度お酒が入荷したみたいだし……いけるよねぇゴメス!?」

「マリリン船長のご命令とあらば！」

船長の命令は絶対！　と、俺は身体に染みついた敬礼をする。

「よーしいい返事だ。キミはどぉ？　受ける？」

「負けた方の奢りで、あと私が勝ったら船長さんの靴下ください！」

何言ってんだコイツ。教会で寄進をはずんで特注しているという船長のストッキング。た、確かにそれは欲しいかもしれないが。いやマジで何言ってんだコイツ。

「……これ結構高いんだけど……まぁ勝てばいいか。ゴメス、こんな小娘に負けんじゃないよ！」

「う、うす！」

かくして、俺と小娘の飲み比べ勝負が決まった。

「私が負けたら酒代分を身体で払ってやんよ！　神様に誓ってもいいぜ？」

「上等だテメェ！」

俺は船長に隠れて手下に手で合図する。隠し拠点にこいつを攫《さら》う準備しとけ、と。

俺らマリンベル海賊団をナメたんだ。当然、死刑——いや！　何もかもを奪いつくして、スラム近くの娼館にでも売りさばいてやる！　もっとも、俺が売る気になるまで生きてたらの話だけどな！

そしてその準備の一つとして、特別な『酒』を手配させておく。念のためだけどな。

「じゃぁルールを決めるぞ。俺ぁ、お前の仕入れた酒を飲む。お前は俺が仕入れた酒を飲む。どうだ？　お互い、商人として相手の酒を飲むんだ」

「うん、それでいいよ？　じゃ、職員さん。審判ヨロ」

あっさりと俺の提案を飲むバカな小娘。

ここの職員は俺らの言いなり。俺の有利になるよう、少しでも飲み零《こぼ》そうものなら1杯と認めないだろう。しかも、ごく自然に俺は酒精の弱い酒、小娘には酒精の強い酒での勝負に持ち込むことができた。

ま、俺は先に飲んでたんだし丁度いいだろ？　気付かねぇ方が悪いんだ。クックック、勝負ってのは始まる前から決まってんだよ！

「じゃ、1杯目。かんぱーい」

「おうよ」

ぐっ、と酒を口にする。――へぇ、結構イケるじゃねぇか。女子供が飲むには良い酒だろうな、俺には弱くてもの足りねぇが。

「ぷはー、はいおかわりー」

「こっちもだ。おかわりッ」

小娘もグイッとジョッキを傾けて、酒を飲んでいく。良い飲みっぷりじゃねぇか、飲み比べをあっさり受け入れただけのことはある。

だが、お前は絶対に俺には勝てない！

それは最初から、勝負を仕掛けたときから決まってんのよ！

「ふー、うーん。やっぱりワインは良い香りだなぁ」

「へっ、テメェの仕入れた酒はクソだな、全然酔えねぇわ」

「……おいお前、それドワーフの前でも言える？」

「？　何で酒バカが出てくる？」

「それ、ドワーフの行商人に買わされた酒なんだよねぇ」

……ドワーフの仕入れる酒かよ。そりゃ美味《うま》いわけだ。まさかあの酒鬼《ドランクオーガ》とは関係ないよな？　こんな小娘が、あるはずないか。

ともあれ、酒を飲んでいく。飲み進めていく。ガパガパと飲んでいく。

うっぷ。さすがに弱い酒でも腹がたぷたぷになってきやがった。

というか、この小娘ワインをまるで水のように飲んでいきやがる……！　1滴も零さねぇからイチャモンの付けようもねぇ、むしろ俺の方が零してるぞ!?

マリリン船長がダンッ！　とテーブルを叩いた。

「おいゴメス！　しっかりしろよなァ！　それでもマリンベル海賊団幹部かァ!?」

「う、うっす！　すんません船長！」

「チッ、お花摘み行ってくるわ。戻ってくるまでに終わらせときなさいよッ！」

いいわね!?　と圧のある念押しをて、船長はトイレに向かった。……仕掛けるタイミングとしては丁度いい、そろそろ酒が回って味が分からなくなってきた頃合いか。これ以上船長を失望させられねぇ……こちとら負けられねぇンだよ小娘がッ!!

「はい、おかわり！」

「……おかわりだっ」

――今だ、やれ。と手下に合図を出す。次にこいつが飲むのは特別な『酒』。そう、睡眠薬入りの酒だ。俺の飲み比べ、常勝無敗の秘訣《ひけつ》。それこそ、この睡眠薬入りの酒よ！

「はいカンパーイ」

「おう、乾杯だ」

ジョッキを掲げて、ぐいーっと一気に流し込んでいく小娘。

その酒に、薬が仕込まれているとも知らずにな……！

「ぷはー！……ん？　何。そっちも早く飲みなよ。はよ」

「……くく、そう慌てんなって」

もう数秒もすれば薬が効いてくるはず……俺はゆっくりと勝利の美酒を飲み干す。

「よし、飲んだな！　じゃ、職員さんおかわり！」

「……ん？」

小娘は平然とおかわりを要求する。そう、平然としている。薬を飲んだはずなのに。

手違いでもあったか？　もう一度だ。

「ぷはー！　はー、ちょっと酔ってきたかも？　なんちてー！」

「んぐ、ごく……ぷはっ。おい、テメェ無理すんじゃねぇぞ？　負けを認めたらどうだ」

「そりゃこっちのセリフだっつの。飲むスピード遅くなってんじゃん。はよ飲め？」

ぐいっと酒を飲み干す。

くそっ、どういうことだ？　職員が裏切ったか？

睨んでみるが、滅相もない、と青い顔で首を振る。……くそっ！　もう一度だ!!

…………

……

こいつ、ありえねぇ……

途中から、俺が飲み終わるのを待たずしておかわりを頼み、もう樽を空けてやがる！

つーか、一体この女のどこにそんな酒が入ったんだ!?　ありえねぇだろ!?

……ってちょっと待て。飲み比べ、だよな？　ってことは、だ。俺がこいつに勝つには、今コイツが潰れても、俺も樽を空けるくらい飲み切らなきゃいけねぇってこと、か？

い、いや！　こいつが潰れたらどうとでも言い訳できる……って、睡眠薬だって入れてんだぞこっちは！　寝ろよ！　なんで寝ないんだ!?

こんなの船長に見せられねぇ！……あれ？　そういやマリリン船長はどこ行った？　少し前に「ちょっとお花摘みー」、と言って席を離れてから……戻ってきてねぇな。

ま、まさか！　船長に見捨てられた!?　な、なんてこった!?

空になったジョッキをコトッとカウンターに置く小娘。

「はー、ちょっと火照ってきちゃったぁ。職員さんおかわり！」

「……ば、化け物……かよ……!!　お、おが、わりっ」

苦情を言おうとしたら、うぐっと腹の中身が込み上げてくる。ヤバ……

「お？　お？　どうした、もうギブアップか？」

「……おぼろろろろげばぁ」

「うわ汚ねぇなーオイ。折角の酒を吐くんじゃねぇよ」

慌てて口を手で押さえるが、もう遅かった。飲みなれない、飲みやすい酒で限界を見誤った……文句のつけようもない負けだった。


俺は、朦朧《もうろう》とする意識の中、小娘の勝利宣言を聞く。

「いえーい私の勝ちぃー！　職員さん、請求は約束通りこいつらにヨロシクね！」

「……ハイ」

「おうテメーら、これに懲《こ》りたら私に絡むんじゃねーぞ。文句のある奴は飲み比べで勝負してやらぁ!!　がはは!!」

「ぐ、ぐぬぬっ」

「お、お、覚えてやがれっ！」


俺は手下に宿へ運ばれていった。

その際、ゲロにまみれた姿を晒《さら》すことになって……あ、でも船長に見せられねぇ無様なところを見せずに済んだのは……多少はマシってことか？　船長の情けってことだな。

……だがそれはつまり、やっぱり、船長は俺が負けると判断したということだ。

くそ！　くそ！　小娘め……よくも俺に恥をかかせたな……覚えてろよ……！

#SideEND

私カリーナちゃん！
海賊に飲み比べで勝ったの！　え、お酒を飲んだフリして収納しちゃうのは反則？　ううん、空間魔法は私の身体の一部。ということは、収納空間は私の胃袋でもあるってことだからまったくの合法よね！　でも勝利報酬のはずの船長のストッキングは取りはぐれちゃったの……次会ったら絶対回収してやるんだから！　ぷんぷん！

ま、その代わりにおつまみのドライフルーツやナッツ、あと酒を海賊達のツケでめいっぱい買ってやったけどな。ガハハ！　しかも私が飲んだ分も外付け胃袋である収納空間に入れてあるから、丸儲《まるもう》けだぜ。ワッハッハ！

それじゃ、アイシアも待ってるし、早く帰らなきゃね。いやぁ、飲み比べで想定外に時間かかっちゃったぜ。


というわけでほんわかしたいい気分で商人ギルドを後にする。商人ギルドの扉を出ると見せかけて収納空間へと直帰すると、アイシアが出迎えてくれた。

「おかえりなさいませ、あるじ様。……あれ、お酒のニオイがしますね」

「お、今帰ったよー！　いやぁ、海賊達に飲み比べで勝っちゃった！」

「ヴェーラルドの海賊……マリンベル海賊団でしょうか？」

「お、そうそう。そんな名前だったはず。飲んだのはそれの幹部らしい」

なるほど、とアイシアが頷く。

「あるじ様なら大丈夫でしょうが、お気をつけくださいね。マリンベル海賊団のマリリン船長は、百年以上も船長として君臨している傑物だと言われています」

「ええ？　百年以上？」

そんなお婆ちゃんには見えなかったけどなぁ。

「吟遊詩人の歌にもありますよ。――さぁ鐘を鳴らせマリンベル海賊団、麗しの船長は赤い髪をなびかせ、金色の瞳は獲物を逃がさない。人魚の肝を食べ永遠の若さを得た海に愛されし女、その名はマリリン——と、そんな具合です。恐らく、代替わりしてマリリンの名前を襲名しているんだと思いますが」

なるほど、確かにそれなら辻褄《つじつま》は合うな。でも、私はもう一つの可能性を見つけた。

「……神器、って線も無きにしも非《あら》ず、かな？」

「！　確かにそれなら本当に永遠の若さを得ていてもおかしくありません！」

そう、神器。私が靴下の次に神様から回収しとけと言われている、神の力をもった超絶アイテム。先日オークキングがそれを食べて超モテモテになり、森の仲間を率いてソラシドーレを襲ったとかなんとか……だった気がする！

つまり、そんなやべぇアイテムをマリリン船長が使って永遠の若さを……うん、あり得るな。何せ海賊だ。海賊といえばお宝。お宝なら神器も含まれる！

「ということは、マリリンベル海賊団からその神器を奪う、ということでしょうか？」

「いやまぁ、本当に神器を使ってたら、だけどね。それに別に回収が必須ってわけでもないし、見逃すかも」

うん。もし本当に神器だったとしたら……女の美容に関するアレコレは下手に手を付けたら怖いもんな。私でも知ってる。神器を上回る靴下をくれるなら神様も許してくれるに違いない。

「まぁいいや。今日はお酒とおつまみをいっぱい仕入れたから、飲もうか！　アイシア、お酒好きでしょ？」

「はい！　お供します！」

私達は海賊から仕入れたワインとおつまみで乾杯した。

そして私、あっさりと1杯でダウンしたらしい。いやぁ、今回は暴走もせず昼までグッスリだったみたい！　あー、寝すぎたのと二日酔いかな、頭ガンガンするぅ……！

＊　＊　＊

というわけで昼間になって、改めて商人ギルドの出入り口から出る。

「それではあるじ様。私は屋台の方に行ってきますね」

「うん。マーキングしたから、コッチの用事が済んだらすぐ合流するよ」

アイシアには別行動でこの町の美味しいモノの情報を集めてもらいつつ、私はハルミカヅチお姉様に頼まれたお使いをこなすとしよう。実は、夜のお店であるシュンライ亭に必需な消耗品、ローションの仕入れを頼まれていたのだ。水に溶かすとヌルヌルになる粉末タイプのやつ。

経緯としては、

『そういえばウチも欲しいモノがあったんだっけねぇ』

『うっしゃ、どこで売ってるか教えてくれたら秒で買い付けてきますよ！』

『ハハハ、元気がいいのは何よりだけど秒は言いすぎだろ。欲しいのはローションなんだけど、仕入れられたら頼むよ。粉末のを1袋銀貨1枚くらいで引き取るよ。けど、質の悪いヤツは買い取らない、いいね？』

という感じである。

ちなみに品質は味で分かるそうだ。『良いのは殆《ほとん》ど無味無臭。質が悪いのはマズいし臭いし舌触りも悪い。とはいえ、質が良いヤツも大量に飲むとさすがに気持ち悪くはなるんだけどね』とのこと。


仕入れに使えるカリーナ・ショーニン資金は全部で銀貨50枚。

うち、商人ギルドにお酒を買ってもらった代金が銀貨15枚。ハルミカヅチお姉様やブレイド先輩にあげたりした分を抜いてこれなので、かなり利益があったと言ってもいい。サティたん、もしかしてだいぶサービスしてくれてた？　今度会ったらお礼しなきゃだね。

残り35枚はその他ソラシドーレで仕入れた蜂蜜なんかをギルドでついでにまとめて相場で買い取ってもらった分と、冒険者ギルドでの配達依頼の分。それと現金で持っていた分である。

あ、生活費は抜いてあるよ。アイシアもいるし、そこはしっかり確保しとかなきゃね。

さて、そんなこんなでローションを仕入れに行くわけだけど……ローションの取り扱いは、魔道具店なのである。魔道具店なのである！（大事なことなので2回！）

「異世界で魔道具店。うーん、ロマンだよなぁ」

私も魔道具を作って遊んでみたいもんだ。便利だよねー魔道具。え、空間魔法で十分なんでもできるだろって？　それは――


火をつける魔道具？　火を空間魔法に入れておけばいいよね！

水を出す魔道具？　水を空間魔法に入れておけばいいよね！

光る魔道具？　光を空間魔法に入れておけばいいよね！


――確かにそうだ！　神様の空間魔法がチートすぎる!!

いやまぁさすがに空間魔法にはできないことをできる魔道具だってある。あるはずだ。

それに空間魔法はあくまでも自分の手足の延長、上手《うま》く使わなきゃ他の人が自由には使えないわけだ。アイシアに持たせたりする分にはいいかもしれない。

……今も既に拠点内ではだいぶ自由に使ってる気がしなくもないけど！

でもそれこそローションを0から作ったりはできないわけだし。うん、きっと魔道具には未知なる可能性がたくさんあるに違いない！


と、ハルミカヅチお姉様から紹介されていた魔道具店を見つけた。少し入り組んだ場所だと言われていたが、私の空間把握能力に掛かればバッチリ迷わず見つけることができるのだ。……怪しい看板、という目印があったしな！

扉を開け中に入る。

外から見たときはただの家に看板が出てる程度の怪しいお店だったわけだが、内装はすごく普通の雑貨屋のよう。用途の分からない小物が転がっていて、値札もついていないんだけど。このよく分からないデコボコした物とかは一体、何に使う何なんだろうか……？


「す、すみませーん。ここでローションが仕入れられるって聞いたんですけどー」

店の奥に向かって声をかける。何度か「すみませーん？　もしもーし」と声をかけると、店主らしき男がやってきた。

「ああ、らっしゃい。ローションね、ウチで作ってるよ。誰の紹介だ？」

「え、ああ。ハルミカヅチお姉様、げふん。シュンライ亭のハルミカヅチさんです」

「おっ。あの狐さんか。お得意様だね、どのくらい買ってく？」

「えーっと、買えるだけ？　あ、でも質を見てからで」

「ああ、こいつがサンプルだ」

カウンターの上に小袋を置く店主。中身は白い粉末だ。小指を軽く舐《な》めて濡《ぬ》らし、粉を付けてペロリと舐める。……ふむ、特に味もにおいも感じない、多分上物だな。ま、ハルミカヅチお姉様が紹介してくれただけのことはある。

ってか、なんかこの取引、イケナイ薬をやり取りしているような気分になってくるな？ちょっとアウトローっぽくてカッコいいかもしらんね。

「いいね。上物だ。これ、お値段は？」

「1袋で銀貨1枚だ。どのくらい買ってくんだ？」

んんー、銀貨1枚。ハルミカヅチお姉様の提示した買い取り価格と同額じゃないか。それだと利益が出ないんだよなぁ……むしろ普通なら経費で赤字《アシ》が出る。

一瞬複製してしまおうかと考えたけど、私の決めた縛り《ルール》に反するのでそれはナシ。ここは素直に値切り交渉といこうじゃないか。

「うーん、銀貨30枚分まとめて買うから、もうちょい安くならない？」

こっちの資金は銀貨50枚。ローション以外も取り扱うことを考えると、とりあえずこのくらいかなという買い取り量を提示する。というか、お姉様どのくらいまで買い取ってくれるんだろうか。しっかり聞いてなかった……

「ならないねぇ。なにせこれだけの品質の粉だ、他では取り扱ってないよ。嘘だと思うなら商人ギルドに聞いてみな」

「そこをなんとか！　こっちも生活があるんだよ！」

「……うーん、どうしようかなぁ」

そう言いつつ、チラチラと私の胸に目線が行っているのが分かる。あれか？　おっぱい揉ませたら1割引きとかになったりするのか？　うーん、美人のおっぱいはハンマープライスで価格破壊だぜ。

オバちゃんにフルーツ牛乳と引き換えに揉まれまくった乳でよければ、揉ませてやるのもやぶさかではないぞ？　元男としておっぱいの引力は分かってるからな！　とはいえ、自分から言うのはさすがにハズい。ソラシドーレの屋台の兄ちゃんみたく自分から提案してきてくれ、私はシャイなんだ。

「うーん、どうしようかなぁ」

「……なんとか安くなりませんか？」

「うーん、どうしようかなぁ」

おい、チラ見じゃなくてガン見し始めたぞ。なんとなく胸を隠すように腕を組む。ひょっとして私から言い出すのを待ってるのか？　この臆病者《チキン》め！　素直に言えば揉ませてやってても良かったんだが……これはないな！


「じゃあ、なんかこう、魔道具も買うんで。ここって魔道具の店なんですよね？」

「……ああ、そうだね。魔道具と合わせてなら1割引きにしてあげてもいい」

私の提案に、ほんの少し残念そうな顔をする店主。よっしゃ。それなら魔道具を買うぞ――と、魔道具の値段次第だけども。1つ金貨1枚とか言われたらさすがに買えないからね。

「ちなみにこいつは何の魔道具で、お値段はいかほど？」

先ほどあったデコボコの魔道具を指さす。

店主は「なんだっけかそれ……」と少し考え込む。おい、しっかり把握しとけよお前んとこの商品だろ。

「あ、思い出した。それは羊皮紙を特定の形に切る魔道具だね。銀貨1枚だよ」

「特定の形？」

「羊皮紙の上に置いて、その魔道具の輪郭の形に切るのさ。ほら、四角で丁度いい向きで置けるだろ？　そのあと上のポッチを押せば、そのサイズで切り取ってくれるんだ」

「……ハサミでよくない？」

「だから売れ残ってるんだよね。買ってくれたら助かるけど」

「なるほどね？」

安いのは良かったけど、現状羊皮紙を切る予定とか無いので他の魔道具を探す。


「ココには置いてないけどゴーレムなんてのもあるよ。どう？」

「ゴーレム？　あるんだ、そういうの？」

「あるよ、まぁ馬車と馬のセットよりも高いんだけど。金貨２枚」

そんなの行商人に売りつけようとするなよ。コッチの予算そんな無ぇよ。

「なんかこう、もっと使いやすい魔道具は？」

「あー、一応売れ筋で、火をつけるやつとかあるよ。銀貨３枚」

「ちょっと見せてもらっても？」

店主が引っ張り出してきたのはミカンくらいの丸い球。薪《まき》の中に入れてスイッチを押すと燃えるらしい。10回くらい使いまわせるとか。

「……微妙に高いし使い勝手悪そうなんだけど」

「お貴族様の家の暖炉でよく使われてる。ま、程々に壊れるのも含めていい金蔓《かねづる》ってやつなんだ」

「なるほど。もっと冒険者とか行商人向けなヤツとかない？」

「うーん、そういうのはウチじゃ取り扱ってないかも。あ、関係ないけどそこの棚のやつとかどう？　大銅貨5枚で手頃だと思うんだけど」

見ると棚にはやはりミカンサイズのピンク色の玉が置いてある。これはなんだよ。

「ボタンを押すと音が出たり震えたりするだけの玉だね。俺が昔練習で作ったヤツで、子供をあやすオモチャだよ」

「ほー。……ん？」


震える玉……だと!?　しかもピンク色の玉とか……！


「ちょっと試してみていい？」

「どうぞ」

と、許可をとってスイッチを押すと、オモチャのラッパを吹くようなプーップーッという音が出て、ブルブルと震え出した。

「……ふむ」

ブルブルと震えているのである。握ってみてもその振動は衰えない、結構な強さ。

「どうだい？　子供が触っても傷つかないよう丸くなめらかに仕上げて、色も可愛らしいピンク色にしてさ。あー、懐かしいなぁ。赤ちゃんの時はあんな小さかったのに、今じゃお父さん臭いってさぁ……」

「音が邪魔だな。これ、音の機能を外したのある？」

「え？　音があった方が子供が喜ぶよ？　実際娘が赤ちゃんだった時には――」

「いらない。音のないヤツなら買う」

「……じゃあ音出す機能外すからちょっと貸して」

そう言って店主はマイナスドライバーらしきものを取り出し、玉をパカッと開いて中に入っていたパーツを外した。ほーん、それが音の機能のやつ。

「これでいい？　音のパーツ外したし、値段は大銅貨3枚でいいよ」

「マジ？　ならとりあえずあと2個買いたいんだけど。大銅貨1枚手間賃ってことで銀貨1枚出すよ」

「別にいいけど。……まぁローションの方も10袋あたり1割引きってことで、銀貨10枚で11袋ってことにしとくね。33袋でいいかい？」

ん？　それって微妙に1割引きではないような……まぁいっか。

「あ。ちゃんと全部サンプル通りの品質だろうね？」

「ハルミカヅチさんのトコに卸すローションで悪さはしないよ。けど、ちゃんと疑うのは商人として良いことだな」

念のため空間魔法でスキャンしておく。……よかった、混ぜ物もなければ品質もほぼ均一。量もそれぞれ同じくらい。ハルミカヅチお姉様の紹介なだけあって優良店だったようだ。……とはいえ、本来の旅費とかを考えるとリュックをパンパンにするほどに買い込んでも大した儲けが出ないところだけど。


ローションの方がひと段落付いたところで、改めて震える玉の方である。

「フフフ、これは売れる。売れるぞ……！」

「え、売れるかい？　音を出す機能外したのに。錬金術初心者でも簡単に作れるよ？」

おっと、独り言が漏れていたようだ。まぁいい。商品の開発も商人にとって大事なポイントだ。うんうん。

「どうだい店主。私と契約とかしてみない？」

「契約？　急に話が大きくなったんだけども」

「こいつを飛ぶように売るアイディアがあるんだ。なーに、損はさせない……と思う。多分」

「怪しい。お断りだよ。ほら、金払ってさっさと出ていきな。銀貨31枚だよ」

むぅ、信用が足りんか。……まぁいいや。振動だけなら錬金術初心者でも簡単に作れるってことは……自分で作ってもいいってことだよね！！

むしろ微調整することを考えると自分で作れるべきだよ!!!

「って、錬金術?　錬金術ってポーション作るやつじゃないの?」

「それも錬金術だけど、魔道具はポーションとは違う分野だね。けど錬金鍋とかは魔道具に当たるし、完全に別物ってわけでもないよ」

ポーション科と魔道具科とで学科が分かれてるけどどちらも錬金術、ってことか。

「なら私でも作れそうだ。作り方教えて。もしくは作り方教えてくれるトコ教えて」

ポーションだって作れた私だ。魔道具だってアッサリ作れるに違いない。

「そんなら俺が昔使ってた錬金術教本があるから、銀貨10枚で売ってやろう」

「買った!!　合計で銀貨41枚だね!」

「交渉成立だな。ほら、ま、できれば大事にしてくれや」

やったぜ!　錬金術教本(魔道具編)ゲット!　これと木工スキル(空間魔法)を合わせたら色々なものが作れるはずだ。

……そう、『マッサージ器』とかをねぇ!!


さて、買うもんも買ったし、次の商売のタネになりそうなモノも買った。

もうこの町に用はない。とっととソラシドーレへ帰ってローションを納品しよう――と、私はアイシアと合流し、そのままヴェーラルドの門を出た。

その少し後、コッソリと転移して町の中に戻ってきた。

「これでよし。あとはヴェーラルドからソラシドーレへの移動時間分、自由時間だよ！」

「はい、あるじ様！」

そう。ヴェーラルドを出立してソラシドーレへ向かったことにしておいて、移動にかかるはずの時間でヴェーラルド観光を楽しもうという計画だ。前回は拠点でゴロゴロしてたけど、アイシアもずっと拠点で私と2人きりじゃ息が詰まるだろうし。

「いえ、可能であれば片時も離れずあるじ様と同じ空気を吸っていたいです。むしろあるじ様の吐いた息だけで呼吸したいですが？」

「お、おう」

くっ、アイシアが私を籠絡しようとしてくるっ！　流されてしまいたい!!　口移しでアイシアの酸素ボンベになりたいッ！　でもあれだ、奴隷はそのあたり平然と嘘をつくってシルドン先輩が言ってた……ま、まだだ！　まだアイシアのことは、全然、これっぽっちも、全面的にしか信じてないんだからねッ!?（手遅れ感が否めない）

「んじゃまずは港町らしく魚介類でも堪能してみますかぁ！　」

「はい、あるじ様！　屋台通りはあちらですよ」

と、私はアイシアと共に港町に繰り出した。あらかじめ情報収集してもらっていたので先導はアイシアだ。アイシアの小さくて柔らかい手に引かれて向かった先には、結構な賑《にぎ》わいの屋台通りがあった。並んでいる屋台からはイカや貝を焼いたいい匂いが漂っている。


尚、お金のやり取り履歴が残らないよう、身分証明書となるギルドカードの使用は封印だ。あらかじめ現金にしておいた銀貨7枚が滞在予算で、これを使い切ったら収納空間に帰ってソラシドーレ到着の頃合いまでのんびりする予定。


「アイシア、魚介は食べられる方？」

「お酒に合うものは大体食べられます！　ばっちこいです！」

ハーフドワーフらしい回答をいただいたところで屋台を見る。お！　ホタテあるじゃん！……バター焼きだと!?　醤油《しょうゆ》欲しくなるな……あと日本酒。

あ、いや待てよ？　日本酒はないけど、酒なら昨日海賊から巻き上げたワインがあるんだよなぁ。しかも赤白両方だ。魚介だし白ワインの方が合うだろう。

「あるじ様は、ここで飲むのは不味《まず》いのでは？」

「……うぐっ、た、確かに」

私の酒癖的に、こんな昼間の公共の場で飲んだら大変なことになりそうだ。ここは焼きたてのホタテを購入しておいて、お持ち帰りで飲むのがベストとみた。

「おっちゃん！　そのホタテ２つ！」

「あいよっ」

私はこの場で食べたい気持ちを抑え、ホタテを購入してそっとリュックに入れるフリをして収納空間に仕舞った。こんなこともあろうかと用意しておいた小さな木箱に入れるカモフラージュも忘れずに。……く、良い匂いがすぎる。だが今食べても後で食べても出来立てホヤホヤだからガマンだ！

「あん、ここで全部食ってかないのかい？　熱いうちにすぐ食って欲しいんだが」

「ん？　あー、えっと」

「家への土産にするんです。帰ってから温めて食べますので、ご心配なく」

お、アイシア、ナイスアシスト。

「なるほど。けど、そん時に腹壊しても知らんからな？」

「ええ、大丈夫ですよね、あるじ様？」

「うん、その時は文句は言わないから。神に誓ってもいい」

「ならいいけどよ。ホントに早く食べろよ、海のモンは陸だと傷みやすいから」

収納先は時間止まってるからへーきへーき。木箱もＤＩＹした甲斐《かい》があるってなもんよ。

「そだ。ちなみに新鮮な生魚を買うならどこで買えるの？」

「朝市かなぁ、もう終わってるけど……あ、一応一般人向けの魚屋もあったか」

「行ってみようかな、場所教えてよ」

「おう、場所はな……」

ホタテを買ったからかスルスルと色々教えてくれるおっちゃん。あ、でも視線が胸元なあたり、私が美人だからかもしれない。ふふふん。

「あんがと！　あ、ここの他におススメの屋台とかある？」

「クラーケン焼きだな。マーマン焼きはえぐいから素人は手を出さない方が良いぞ」

「クラーケンはイカだからいいとして、マーマンは確かに遠慮したいなぁうん」

「え、美味しいですよマーマンも」

マジかよアイシアさん。え、吟遊詩人なので味も歌えた方がいいからって？　手ビレは珍味？　マジかよアイシアさん（２回目）。吟遊詩人キマッてんな。

と、こうして次の屋台でもおススメを聞いて沢山の海産物を数人前ずつ買っていく。あとでゆっくり食べようね。でもマーマン焼きはご勘弁……寿命が延びるって人気？　へ、へぇーそうなんだぁ……（目逸《そ》らし）

……むむ！　目を逸らした先に美人の売り子さんがおったわ!!　頭にバンダナ、ショートパンツという、海賊みを感じる美人さんだ。この人の靴下は結構なＳＰが期待できるとみた。

「あらお嬢さん達。ウチの磯煮込みも買っていってくれるの？　そんなに食べられる？」

「はい、食べ盛りの子が沢山いるので大丈夫です。あ、鍋あるのでこれにお願いします」

「あいよ、５人前ね。孤児院かどこか？」

「どもども。まぁそんなところです」

アイシアが手際よく磯煮込みを買い、私が収納する。

うーん、できればこの美人売り子さんの靴下も手に入れたい。けれど、こんな屋台通りで「靴下ください」とかいうのハードルが高ぇ……ええい、旅の恥は掻《か》き捨てだ！

私は意を決して話を切り出した。

「あの、素敵なお姉さん……その、突然こんなことを言うのは驚かれると思うんですけど……お姉さんの靴下を売ってくれませんか!?」

「んん!?　く、靴下？」

「お金払うので……その、病気の妹の治療に美女の靴下が必要なんです！」

「どんな病気だいそれ!?」

私は神様を思い浮かべる。……多分、頭の病気だと思うんだよなぁ。

「えーと、ほら、魔法薬の材料とかそんな感じだと思います?」

「あーなるほどねぇ。魔法薬の素材か……よく分からない材料使うんだね。でも、靴下は売れないよ」

「中銀貨、中銀貨払いますから!」

食い下がろうとする私に、お姉さんは首を横に振った。

「そうじゃなくて、私ほら、サンダルだし。ってか、靴下なんて上等なモン持ってないんだよ。悪いね」

「なん……だと……?」

お姉さんは屋台の陰でそっとおみ足を出して見せてくれた。確かにサンダル。そしてノー靴下。……私は世界の真理を一つ知った。


美女だからといって、靴下を穿《は》いているとは限らないのだ……!

くそっ! あの神様の世界だから、てっきり美女はみんな靴下を穿くものだと思い込んでいたッ! なんたる羞恥ッ! 私の靴下にSPが付くのなら、今ならそこそこ高得点になるに違いない……ッ！

　私達はそっとお姉さんに謝罪しつつ、そそくさとその場を立ち去った。

「……あるじ様。私の靴下ではいけませんか？　その、美女、ではないですが」

「大丈夫、アイシアも美女だよ！　美少女だよ！　アイシアの靴下はいずれ貰うから大丈夫。今はまだ温めておいて。その、種類と量が欲しいのさ」

「なるほど、種類と量ですか」

　……っていうか、この世界の靴下ってどうやって作られているんだろう？　今アイシアが穿いてるのは奴隷商で買ったときについてきた付属品だし。と、今更ながら、靴下の存在について疑問が浮かんでくる。

　思い返すとハルミカヅチお姉様の靴下はすべすべの上等な布だったし、サティたんの靴下は日本で3足1000円で売ってるような綿の靴下。マリリン船長に至っては黒ストッキングだったわけで。やはり世界の技術力と靴下のクオリティに大きなズレがあるように感じる。

　思い返せば思い返すほど、どうやって作られてんのかって不思議に感じる所存。やっべ、すごく気になってきた。

「それなら、教会で聞いたらいろんな種類が手に入るかもしれません」

「え、教会？」

「はい。靴下は教会で売っているものなので」

なんということでしょう。この世界、神様が靴下を優遇している模様……いや知ってたけどね。うん。

＊　＊　＊

屋台飯を軽く食べて空腹を満たしたのち、私達はヴェーラルドの教会にやってきた。お酒を飲むのは夜にした。今は靴下の謎を解き明かすのが先。好奇心が抑えられない、知的美少女カリーナちゃんなのだ。

教会の外見はソラシドーレのものと大差ない。しかもピンク髪のえっちっちボディなシスターが居るところまでソックリだった。

「……って、あれ？　シエスタ？」

「はい、なんでしょうかお嬢さん——ああ、なんだ御同輩ですか？　何用で？」

そう。教会にはピンク髪のサキュバスシスター、シエスタがいた。

「いつの間にソラシドーレからこの町に？」

「あら、それは私の従姉妹《いとこ》です。よくある同じ名前で紛らわしいですけどね」

「同じ名前の従姉妹。そういうのもあるんだ」

　ポケットなモンスターに出てくるお姉さん達みたいな感じなのか。あっちは微妙に名前違うけど……と思っていると、シエスタがちょいちょいと手招き。私はそっと耳を寄せた。

「……そういう設定の同位別個体ですよ御同輩」

うひょう、耳元で囁《ささや》かれるとゾクゾクしちゃう……ッ！

「って、どういべつこたい……？」

「知識や記憶を共有した別の身体ということです。ソラシドーレではどうも」

おう。やっぱり同一人物。でも別個体ではある、と。

「神様曰く、くらうどしすてむ？　というものらしいです。全員同じ記憶を共有していて、身体だけ複数ある感じですね。神の御業《みわざ》です」

　クラウド……離れた場所にあるどの端末からもネットワークを介して同じ情報を共有できるってヤツか。神様の所にサーバーでも置いてあるのかな？　ハイテクぅ。

「私達《シエスタ》は各地の教会に適当に配属されていますし、ちゃんと別人ということになっています。……話がややこしくなるので、深く追求しないように」

　そう言ってペロッと耳をひとなめ。あひゃんっ！

「ちょ、シエスタぁ!?」

「部外者にはナイショですよ」

シー、と口に人差し指を当てるシエスタ。可愛い。1人貰っちゃだめかな？　納品靴下の作成には使えないけど。個人用に。

一旦アイシアには離れてもらった。なんか更に神様関係の爆弾発言が出てきそうな気がしたので。

「で、ご用件は？」

「あ、うん。教会で靴下を作ってるって聞いて。実際どんなもんなのかなって」

「教会で内職として作って服飾店に売っているものが多いですね。一般には非公開ですが、靴下を作る魔道具があるんです」

「あ、そういう魔道具があるんだ？」

あの神様の御許《みもと》だから当然といっちゃ当然だけど、それ専用の魔道具とか便利すぎて都合が良いね。

「靴下の材料は綿や絹といった、布の原料です。年中不足気味なので仕入れてくれるならありがたいですね。あまりお金は出せませんが、その分靴下をお安くしてあげますよ」

シエスタは私の背中の大きなリュックを見てそう言った。

どこかで仕入れた靴下の材料を教会に卸す、そういうのもアリか。とりあえず今後のために何足か持っておくのも良いな、また靴下を穿いてない美女と出会うかもしれないし。

「一番安い綿の靴下で1足大銅貨1枚です」

「なるほど、それなりに高価だけど手が出ないわけでもない」

日本円に換算したら約１０００円といったところか。あの屋台のお姉さんのように普段サンダル履きなら不要だろうけど、行商人とかは足を保護するために買うだろう。実際サティたんのように。

「……まぁココだけの話、魔道具ではなくて『布素材に限らずあらゆる物質を靴下に変換してしまう神器』なんですが」

「えっ。あの、私、神様に神器の回収しろって言われてんですけど……」

「はい。今まさに神様からお告げがありました。――『これの回収は不要です！　むしろしたら怒りますよ、これ特注品なんで！　あと靴下の材料に複製品を納品するのもダメですからね！』だそうです」

ですよねー。

神様の趣味で置いてあるんだから当然の例外扱い。そして作った靴下を将来的に神様に捧《ささ》げるなら空間魔法の複製品を材料にするのもダメだ、私の魔力臭がするとソソられないらしいから。

「シエスタ。今の神様のマネ、超可愛かったよ」

「それはどうも、光栄です」

ぺこり、と頭を下げるシエスタ。

っていうか神様、靴下のために各教会に神器ばらまいてるの？　そりゃエネルギー不足とやらにもなるわ。完全に自分のためじゃん。さすが神様、そこに痺《しび》れず憧れない。

「それと、こちらをどうぞ」

「ん？」

と、袋を渡される。開けてみれば、中には新品の靴下が何足か入っていた。

「初回サービスだそうです。ご活用ください」

「……全部納品物《しょうずみ》に仕上げてこいってことですかね？」

「でしょうね」

やっぱり神様は神様だわ。期限を切られなかったのだけはせめてもの救いか。

＊　＊　＊

折角なので屋台で買ったご飯をいくつか神様にお供えし、しかし今回は靴下の納品がなかったので神様に会うこともなく町中に戻る。

「これからどうしますか、あるじ様？」

「んー、アイシアはしたいことある？　ないなら町の観光の続きかなぁ」

退出偽装してるから商人ギルドにも冒険者ギルドにも顔を出せない。なんなら宿に泊まることも難しいかもしれない。どうせ自分の家こと収納空間の拠点で寝るから関係ないんだけどね。


そんなわけでアイシアと適当に夕方までぶらぶらしようかなー、と港付近の道を歩いていると、大変興味深いものを発見してしまったのである。

「……あれは？」

人間より二回りは大きい、二足歩行する岩の集合体。人型のそれが、器用に木箱を持ち上げて運んでいたのである。

灰色の石を手足にした姿はどことなく甲冑《かっちゅう》騎士のようにも見え、ロボットといってもいいかもしれないスタイリッシュさを醸し出している。ちょっとカッコいい。

「あれはゴーレムですね」

「ゴーレム！　へぇー、確かにゴーレムって感じするねぇ！」

言われてみれば間違いなくゴーレムと呼ぶに相応《ふさわ》しい存在だ。あの胸の装甲をぱかっと開いたらコックピットでもありそうだけど。

「見るに、モンスターではなくて錬金術で作られたタイプのゴーレムですね」

「ほう。錬金術の方か！」

そういや魔道具店でもゴーレム売ってるとか言ってたな。コレかぁ！

「魔道具ってことは、もしかして乗り込んで動かしたりしてるのかな!?」

「恐らくそうですね。私はあまり詳しくないですが」

「もしもし、お嬢さん」

私とアイシアが話をしていると、通りすがりの男が話しかけてきた。

「ゴーレムに興味がおありかな？　よければ教えてあげようか」

ナンパか？　丁度いい、解説してもらおうじゃないか。

「うん、興味おありですよ。あれどうやって動かしてるの？」

「あれは半自動制御中だね。今はコックピットは無人で、外部から命令した通りに動く状態だよ。モンスターをテイムしているような状態と思ってくれていい」

ほほう。半自動。命令通りに動くってことは、ＡＩ搭載ロボットってことか。

「言うことを確実に聞くからテイムより安全だね。たまに融通はきかないけど、逃げたりすることもない。ただ、魔石代はべらぼうにかかるから、大商会でもなきゃ運用は難しいね」

　動力は魔石なのか。そうか、魔道具だもんなぁ。ふむふむ。

「コックピットがあるんなら、乗り込んで動かすこともできるの？」

「もちろんさ！　操縦は難しいけど、慣れれば人間のように動かすこともできる。荷物の積み込みなんかは半自動で十分だけど、廃屋の解体なんかは乗り込んでの完全制御じゃないと上手くできないことが多いね。余計なところを壊してしまいかねないから」

　廃屋の解体。やっべ、超楽しそう。

　話を聞いていると、ゴーレムは重機みたいな存在のようだ。実際に目の前ではゴーレムが船からの積み荷を降ろしているが、いわばクレーンやフォークリフトのような仕事。

　中に人が入っていれば細かい制御ができ、命令だけだと自動運転とか……いいなぁ。

「いいなぁアレ。カッコいいなぁ」

「フフ、見る目があるね。あれはマリンベル商会のゴーレムで、錬金術師スワンティアが開発した最新式さ。どうだいお嬢さん、お茶でもしながらボクとゴーレムについてもっと詳しく話さないかい？　奢るよ」

「んんん。……お兄さんゴーレムに詳しいの？」

「ちょっとばかしマニアなのさ」

どうしよう。やっぱりナンパだったが、これはちょっと魅力的なお誘い。断る理由もあんまりない。……お茶くらいは良いかな？

「いいよ、お茶だけならね。ゴーレムについて聞いてみたい」

「よしきた！　近くにおすすめの店が――」

「待ちな兄ちゃん。その嬢ちゃんには、先約があるんだ」

ん？　と、その声に振り向けば、そこには頭にバンダナを巻いて横縞《よこじま》のシャツを着た、いかにも海賊の三下っぽい男達がいた。

「ひっ！　マ、マリンベル商会の……し、失礼。用事を思い出したのでこれで」

「あ、ちょ!?」

通りすがりのゴーレムマニアは逃げ出した！……逃げられてしまった。


一方で、三下共は私とアイシアを取り囲む。

「誰よあんたら。私に何か用だって？」

「ああ、捜したぜ嬢ちゃん。ゴメス様がお呼びだ、来な」

「ゴメスぅ？　そういや飲み比べで私に無様に負けた海賊がゴメスって名前だったなぁ」

「……チッ。ついてこい、こっちだ」

どうやら逃がしてくれそうにはないようだ。あんまりいい話ではなさそうだね。

ったく、こちとらゴーレムとかいうすごく興味深いオモチャを見つけたところだったっていうのに……いや待てよ？

あのゴーレム、マリンベル商会のゴーレムって言ってたな。ってことは……

「あ！　さてはあのゴーレムを賭けて再勝負《リベンジ》ってコト!?　ひゅう！　早く行こうぜお前ら！　飲み比べなら再戦しても勝確だし、神様に感謝を捧げちゃう！」

「ええ？　いや、そんな……詳しくは知らないが」

「だ、黙ってついてこい！」

急に乗り気になった私に動揺しつつも案内する海賊の下っ端達。行先はどうやら倉庫のようだった。

「入れ」

「おうよ」

入れと言われたので堂々と入ると、いきなりガツンと木材を叩きつけられた。もちろん私はこんなこともあろうかと空間魔法で無敵状態《スターモード》のため、砕けたのは木材の方である。本気でこんな露骨な誘いに無防備な状態で乗るわけないじゃない。

あ、もちろん、アイシアも無敵状態だからね。心配させてゴメンね。

折れた木材を手に呆気に取られている男。他にも、十数名が倉庫の中に控えていた。

パッと見まわしたところ、ゴメスは居ないようだ。

「おんや？　これはどういう歓迎かなぁ？　こんなことしちゃぁ神様も黙っちゃいないと思うんだけどなぁ」

「てめっ……か、かかれぇ！」

神様、ご照覧あれ――ま、一方的すぎてそれほど面白いことにはならないと思うけど。一応ね。


「ったく、私に絡むなって言ったのになぁ」

私が殴ったり蹴ったりするのに合わせて手下共をぐぉんっと飛ばして壁に当て、そのまま身体を固定。自由を奪う。

「なっ、何モンだテメェ!?　さてはカタギじゃねぇな!?」

「君達の哀れな被害者でーす。きゃーこわーい。こんなところにか弱い乙女を連れ込んで何するつもりー？　えっちー、すけべー、お前の股間ハーフレイピアー」

揶揄《からか》いながら男をまた1人蹴り飛ばしてやった。天井にぶつかり、突き刺さる。おっと大丈夫、実際には天井に穴は開いてないぞ。空間魔法のちょっとした応用だ。

「ってか、ゴメスはどうでもいいけどマリリン船長は？　靴下の約束果たしてもらいたいんだけどなぁ」

「くそっ、話が違う！　バケモンだこいつ！」

「おい！　コイツがどうなってもいいのか……な、なんだ!?　ビクともしねぇ!?」

アイシアを人質に取ろうとするが、当然アイシアも無敵状態。「え？　え？」と困惑しているアイシアだけど、大丈夫。絶対に安全だよ。私が守るもの。

「おいおい、人質取ろうだなんて無粋だなぁ。こんな小娘相手に恥ずかしくないの？」

「ぜ、全員で一斉にかかるんだ！　もう後には退けねえ！」

「お、おう！」

と全員が私に向かって同時に飛びかかってきた。私はクロスガードの構えでややうつむき、その飛びかかりを岩のようにただ受け止める。そして、

「ハァーーーーーッ！！！」

「「「ひぇあああああッ!?」」」

キッかーーーーんッ！　と強引にガードを解くと同時に、バチィンと全員まとめて吹っ飛ばしてやった！

いやー、一度やってみたかったんだよねコレ！　気合で吹き飛ばすやつ！　くぅー、ア

クション映画みたい！　めっちゃ楽しい!!　さぁ、次の敵はどうやって――

「って、今ので全員片付けちまったかぁー」

全員で一斉にかかれって言ってたもんな。倒した奴全員固めてて意識はあっても動けない状態にしてるし復帰もない。

「どうよアイシア、見ててくれた？」

「はい！　とてもカッコ良かったです、あるじ様！」

「でっしょー？　ふふん」

アイシアに褒められて鼻を高くする私。さて、こっからどうしたものかね。

とりあえず慰謝料代わりに片っ端から倉庫の中身を頂いていくというのも悪くないかもしれない、なにせ今私はこの町に居ないはずなのだから。カリーナちゃんの目撃証言？　いやぁ、よく似た他人の空似さ。なんたって、本物のカリーナ・ショーニンちゃんは海賊に絡まれたくなくて一目散にソラシドーレへ帰還中なのでね！……という後付け設定！

「よし、いくつか慰謝料に貰おう。アイシア、拠点の方で受け取りお願い」

「はい、あるじ様」

と、アイシアを拠点に戻し、私は倉庫の中の荷物を眺める。さすがに全部貰うのは悪いからなー。どーれーにーしーよーぉーかーなーっと。

しかし流れ的にはここでボスの登場、ってのが定番なんだが……

「これはどういうことだ！　貴様、俺らマリンベル海賊団の倉庫に盗みに入ったな!?」

おっと？　見覚えのある黒髭、ゴメスだ。ニヤニヤしてこちらを見ている。そして連れには学者っぽいのが1人と、海賊な手下が2人。

なんだ中ボスかぁ。ブッ飛ばしたら次はマリリン船長出てくるかなぁ？

#Side海賊

俺はマリンベル海賊団大幹部、ゴメス。

あの女に酔い潰され、俺は面子を傷つけられた。マリンベル海賊団の幹部であるこの俺がだ。だから報復をせねばならない。これは正義の行いだ！

飲み比べの後、泊まっている宿を特定すべく翌日の朝まで商業ギルドを見張らせていたが、奴は出てこなかった。裏口も見張らせていたというのにどういうことか。一体どこに消えたのか、上手いこと逃げられてしまったのか。クソがっ！

「ゴメス様！　あの女を見つけました！」

「ようやくか！」

諦めきれずイライラしていた矢先、部下から報告が入った。やはり俺はツイてるぜ。

「あのアマ、どこに居たって!?」

「港っす。他の奴がウチの倉庫にご案内したんで、今頃は……」

「ククク。そうか。まったく女のくせに俺に盾突くからだ」

捕まえるにしても傷はついてるだろうが、多少なら治癒魔法で治せる。幸いウチはそういう伝手《つて》もあるしな。伊達《だて》に領主サマ直属の海賊はやってねぇ。……逆に言えば、死ぬ直前でも生かして遊べるってわけだ。

「足の腱《けん》を切って船で飼ってやるのも悪くねぇな。おい、船医の先生を呼んでこい」

ちなみに船医の先生は、契約魔法を使うことができる、闇奴隷商でもある。奴隷にしてしまえば、船長にもバレずに船に置いておくことだってできるわけよ。

「うっす！　へへへ、お頭《かしら》、俺らにも使わせてくださいよ」

「俺が飽きたらな！　ガハハ」

俺は軽い足取りであの女を捕まえた倉庫へと向かった。

俺達が倉庫に着くと、そこは思っていた以上に静かだった。

んん？　もっと盛り上がってるかと思ったんだが――と、足元に俺の部下が転がっているのに気付いた。

「あん？　抵抗されてぶちのめされたのかお前――いや、お前……ら？　え？」

そしてそれは1人だけではなかった。まず3人が床に転がっている。1人が天井に突き刺さっている。5人が荷箱に被さっていて、うめき声を上げて動かない。


そして、あの女は1人無傷で、そこに立っていた。


「これはどういうことだ！」

いや、考えれば分かる。この女が俺達の手下を返り討ちにしたのだ。まさか、これほどの実力者……魔法使いだったのか？　俺は即座に頭を切り替えた。


「おい貴様、俺の倉庫に盗みに入ったな!?」

そう。こいつは俺の倉庫に盗みに入った強盗だ。警備員の手下達を卑怯《ひきょう》な手段で倒し、荷物を盗もうとしていたのだ！　相手が強盗なら、正義はこちらにある。ならばあとは領主様から独自裁量権を任されている俺達でこいつを裁くのみ！

「……いや？　私はこいつらに呼ばれたからここに入っただけだよ。てっきりアンタが私に用があると思ったんだけど」

「うるさいぞ強盗め！　こうして俺が目撃した以上、言い逃れはできないぞ！」

「あっ、私のこと、どうしても強盗にしたいんだ？　フーン」

ニヤリ、と笑う女。なんだ、どうしてそんな余裕がある？

「全部貰うのは可哀《かわい》そうかと思ってたんだけど……じゃあお望み通り強盗してあげるしかないねぇ！　あははは！」

「なんだと!?」

声を上げて笑う女。イカれたか？　いや、手下達をあしらった魔法か何かの切り札があるのだろう。足を開いて身構える。女の挙動を見落とさないよう、瞬《まばた》きも最小限に——

ぱちり。

目を閉じ、開いた一瞬でそこには何もなくなっていた。

「……は？」

いや、何もないわけではない。手下共が、横になって転がっていて、そいつらが起き上がり始めていた。ただ、今まで倉庫内にあった荷物が全部消えて、広々とした床が見えていた。

　女も消えていた。

「え？　あ？」

　倉庫の中身が、全部どこかに消えたのだ。そして俺は、アイツの言葉を思い出す。強盗……強盗？　これが強盗だと!?　どういうことだ!?

「な、何しやがったぁ!?」

　俺の叫びが空の倉庫にこだまする。返事はない……

　この倉庫の管理は俺に任されていた。倉庫から荷物が盗まれたら、俺の責任になるということだ。

　船医の先生が震えた声で聞いてくる。

「おいゴメス殿。どうなってるんだこれは？　女は？　荷はどこに消えた？」

「わっ、分からねぇよ先生。俺にも何が何だか……てめぇら！　どうなってやがる！」

「う、動く。ああ、お頭っ！　あいつ、あのバケモンがっ」

「俺達をまるで投網漁の魚のようにっ」

手下達が言い訳を並べ立てる。が、そんな言葉が並んだところでこいつらが失敗したのは変わらない。そして、あの女が荷物と共に消えてしまったのも変わらない。

「ええい、荷物だ！　あれだけの荷を一瞬で持ち出せるはずがない！　どこかに隠されてるはずだ!!」

「一瞬で隠すのも無理じゃ……」

「いいから捜せぇえええええええええ!!　マリリン船長にブッ殺されっぞ!!」

手下共に倉庫を捜させる。しかし——捜すまでもなく、空っぽの倉庫のどこにも荷物がないことは明白であった。

#SideEND

いやぁ、強盗しちゃった！　カリーナちゃんってば悪い子！　私も含めて瞬きの一瞬で全部収納空間に仕舞ってやったのだ。

でも証拠は一切残ってないんだよ、ゴメス達の証言くらいで。それにあっちが強盗だって言ったんだから強盗で良いよねぇ……！　喜べゴメス！　お前の希望通りの強盗カリーナちゃんだぞ！　いえーい！　完璧なアリバイと共に好き勝手しちゃうぞー！

　とはいえ、この強盗ってばあちらが反省しているなら返してあげてもいいかなーってくらいのイタズラだ。心優しいカリーナちゃんだからね。反省のハードルは高めだけど。

　反省してるかどうかを確認するため、こっそり収納空間から隠れて様子を窺《うかが》う所存でございます。いえーい張り込みー。

　ちなみに収納空間の座標はゴメスを後ろから見下ろす位置。ゲームで言うとこのサードパーソンな座標とした。やや後方数メートル上の光学迷彩もしてる覗《のぞ》き穴にゴメス達は気付くかな？　私は無理だと思う。


　で、荷物が1箱もなくなったゴメスの反応はー？

「ない、ない、どこにも！　どうなってるんだぁあああ！　マリリン船長にぶっ殺されちまうぅぅううう！！！」

　涙目で倉庫内を捜すゴメスだが、倉庫にあった荷物は全て私の収納空間に移してある。倉庫《そこ》になければないですねっ！

「どうなってるんだ!?　どうして荷物が消えた!?」

「ゴメス殿、これはさすがにマリリン船長に報告しなければ……」

「待て、待ってくれ先生。これは夢か何かだ……船長には内密に……」

「信じがたいが、事実どこにも荷物がない。これはどうやっても隠せるものではないでしょう？　既に売り先が決まってた荷もあったのに、とてつもない損害ですよこれは」

学者と揉めているようだ。いやぁいい気味。船長に叱られてしまえ。

「だ、だが、なんとかする！　なんとかするから！」

「いや、しかし、待て、だが……これは、もしや、神の使徒の仕業では……？」

「神の使徒？　な、何言ってんだ？」

そう言うと学者が頷いて言う。

「ソラシドーレで、チンピラ共が自首した件の情報がありまして」

「はぁ？　それが今何の関係があるって？」

「そいつらは、『神に誓ったからどうして自首したのかは言えない』と言いながら、自らの罪を洗いざらい証言したとか」

「そ、それがどうしたってんだよ!?」

あー。パラシュートトレススカイダイビングした連中かぁ。あったあった。確かにそれは私の仕業のやつだ。ちゃんと口を噤《つぐ》んでたんだな、感心感心。よほど脅しが効いたみたいだね。

「……実は、チンピラ達のことをその晩見ていた人の証言があったらしいです。曰く、少女に絡んだと思ったら、突然消えた、と」

　おおっと……！　そうか、私がチンピラを仕舞っちゃうところを見てたヤツがいたのか……それは盲点だった。

「そのうえで、神を信じていなかったチンピラ共が敬虔《けいけん》な態度をとっていたので、神の使途の仕業、と言われています」

「つまりなんだい先生。あの女は神の使徒で？　倉庫の荷物が、神隠しにあったって？」

　プルプルワナワナと震えるゴメス君。顔を赤くして、ダンッと地団駄を踏んだ。

「ふざっけんじゃねぇッ！　あの女が神の使徒!?　ンなわけねぇッ！　なら俺らのマリリン船長は神様だッ!!　海の女神だぞッ!!」

「し、しかしゴメス殿。状況的には正しく――」

「ペテンだ！　詐欺だ！　あの女が何かトリックを使ったんだ！　クソッ！　岩礁の隙間こじ開けてでも見つけて、その命をもって償いをさせてやるッ!!」

　うん。こりゃ反省しなさそうだなぁ……え、私が悪い？　そうだね、確かに今回は強盗したから悪いね。もうちょっと様子を見てあげよう。

「ゴメス殿。一体どんなトリックがあれば、ゴーレムが数時間かけて運ぶ荷物を一瞬で消せるのですか？」

「わ、分かんねぇけど、それも含めてあの女をとっ捕まえて吐かせりゃいいだろ！」

「どうやって？　倉庫に連れ込んで襲おうとして失敗したんですよ？」

「……ッ！」

学者の発言に言葉を詰まらせるゴメス。ま、カリーナちゃん最強だからね。特に逃げるとなったら空間魔法で星の裏側までひとっ飛びできるしよ。

「ぐぅ……ッ」

「ご、ゴメス様……」

「俺ら、どうしたら……！　か、神様相手なんて無茶苦茶だッ！」

「う、うるせぇ！　慌てんじゃねぇ！　ああ畜生！　寝て起きたら無かったことにならねぇか……？」

怯《おび》える手下達を怒鳴りつけるゴメス。うーん、全然反省してる感じしないなぁ、これはもうしばらく時間を置いてからもう一度確認しよう。


私は、ゴメスの後ろに覗き穴をセットしたまま、拠点の方に戻った。

そこには倉庫からごっそりそのまま移動させた木箱達と、箱の前で途方に暮れるアイシアがいた。

「あっ、おかえりなさいませ、あるじ様。なにやら沢山箱がありすぎて、どこから手を付けたものかと」

「ゴメンゴメン。ちょっとムカッとしたから一旦全部強盗《と》ったんだ。ゴメス達が反省したら慰謝料分だけ貰ってあとは返してあげるつもり、みたいな？」

「あるじ様は甘いですね」

やれやれ、と肩をすくめるアイシア。そうかな？　あいつら当面反省しそうにないけど。

「まぁ物色してどれ貰うか決めとくから、アイシアは晩ご飯の準備でもしといてよ」

「かしこまりました」

と、アイシアはキッチンへ向かっていった。とはいえ、屋台飯もあるしすぐ用意できちゃうだろう。

「さぁて、それじゃあ箱の中身はなんじゃろなっと！」

慰謝料分として2、3箱貰うとしても、できれば欲しい物がいい。そのための厳選だ。

現状は空間魔法でまとめて移動させただけなので、中身のスキャンまではしていない。こういうお宝はやっぱり自分で開けてこそだよねぇ！

と、私は適当に積んであった箱の山の、一番下の箱をするっと（さりげなく空間魔法を使って）抜き出して、中身を確認してみることにした。この箱は緩衝材入りかな？　へへ、きっとすごいお宝が入ってるに違いない。空間魔法でこじ、あけ、てっと！

さぁ、海賊のお宝とご対面！　木箱パカーッ！……

そこに居たのは、耳のとんがった可愛らしい子供だった。

「……うわぁ」

中身と目が合ってしまった。……うん、まさか、エルフの子供とはね？　うーん。人身売買ってのはなぁー、アイシア奴隷にしてる私が言うのもなんだけど、しかも子供とはなぁー……

「えぇっと……」

「あ、ぅ……」

ん？　でもよく見たら身なりのいい服を着ているので奴隷とかいう感じはない。首輪とかついてないよねぇ……？　となると誘拐、か？　え、身代金目的とか？

「あー。その、大丈夫？」

当たり障りのない言葉を投げかけると、ビクッと震えるエルフの子供。銀髪のポニテが併せて揺れた。えーっと、男の子かな？　女の子かな？　服装は半ズボンだけど……この可愛らしい顔。うーん、分からん。でもとりあえず美形である。やっべ可愛い。

「言葉通じる？　もしもし？」

「えうっ……！」

あ、ヤバこの子泣きそう。待って待って。

「静かに。……敵が来てしまう」

「っ」

口をそっと塞ぎ、そう言って止める。

いやまぁ敵とか来ないけどね。ここ収納空間だし。でも私の想定通り黙るエルフっ子。

「君はどうしてこんなところに？」

「……えと……ボクは……船が海賊に襲われて……木箱に隠れて」

ああ、なるほど。積み荷に隠れたもののそのまま奪われて、倉庫に積まれてたのか。

……んんー？　ってことは、ここらへんの積み荷ってこのエルフっ子が正当な持ち主だったりする？　しちゃうのかな？

…………そんなん強盗できないじゃんよぅ!!　私は子供から強盗する趣味はねーんだよぉ！　もー！　こういうのばっかかよぉ！　奴隷商といい海賊といい、悪徳な奴は私に気持ちよく稼がせろよぉ！　奪われたご本人、本来の持ち主の目の前で懐に入れるほど図太い神経してねぇんだよこちとらよぉ!!

はーやれやれ。だからといってこの子が死んでた方が良かったなんて絶対言わないけどさぁ。で、何々？　話を聞かせてもらおうじゃんか。

「お願い、姉様を助けて……！」

と、エルフっ子が私の手を握ってそう言ってきた。

「えー、お姉ちゃんもいるの？……お姉ちゃんがいるのかぁ！　よし、詳しく話したまえ！　他の箱に入ってるの？　あ、こっちの箱？　別の箱かな？」

「い、いえ！　姉様は……ボクを隠すために海賊につかまって……！」

ふむふむなるほど。この子を箱に隠して、姉がどうなったかはよく分かってない。外の会話を聞いていた分にはゴメス達に捕まってしまったようである、と。

そしてこの子自身は隠れているうちに陸揚げされ倉庫に搬入されたものの、上に箱を積み上げられて閉じ込められてしまい逃げられずにいた、と。

襲われたのはおよそ3日前。洗浄魔法や水魔法があるので箱の中でも細々と生き延びられていた感じか。３日前かぁ……あ。もしやあの飲み比べしてた日の『成果』だったりするのかなぁ。コレ。

「よく海賊に見つからなかったね」

「一度開けられたんですが、内蓋までは開けられなかったので」

と、私が退《ど》けた蓋を見てみると、緩衝材と思っていたものは服だった模様。しかも女児服だ。こりゃ確かに海賊達は興味ないだろうし、マリリン船長も子供服じゃ着られまい。

ってていうか他の荷物は何が入ってんだ？　と空間魔法でまとめてスキャンしてみる。布に、服に、酒に、香辛料かなこれは。んー、少なくともお姉ちゃんは入っていない。あ、こっちの方はゴーレムのパーツかな？　多分港で動いてたゴーレムの予備だ。貰っても良いかな？　いいよね？　欲しいもんゴーレム。パーツ組み上げたら1体分にならないかなぁ。

……いやぁ運がいいやら悪いやら、一番最初に開けた箱にたまたまこの子が入っていたようだね。まぁどうせ全部開けただろうから順番の問題なだけだったわけだけど。

「お願いです、海賊は、姉様を捕まえて奴隷にするって言ってました……どうか、どうか姉様を助けてください！　ボクにできることなら何でもしますから！」

「ん？　今何でもって言った？」

「は、はい！　ボクにできることなら、ですが……」

この子の姉であるということは、美女であろうことは間違いないだろう。その靴下ともなれば、きっと高得点のSPがいただける代物に違いない！　この子から頼んでもらえば姉様も喜んで靴下をくれるはずだ！

「分かった。私がお姉ちゃんを助けてあげよう！……ところで、君って男の子？　女の子？」

「お、男です」

チッ！　男か！……いや待て。こんな可愛いなら男でもイケるかもしれん！　というか今女の元男である私から見てもこの子なら十分イケるレベルというか……んんゴフゴフ。まぁ子供だから手を出したらアカンのだけどね？　うん。

神様は以前「別に男や子供でも構わないんですが」と前置きをつけて、大事なのは羞恥心だと言っていた。であれば、どうにかして羞恥心さえ稼げれば男の子の靴下だってSPにできるはず。……しかし男だ。羞恥心を煽るには……？

「……！　ねぇエルフ君。ボクにできること、今なんでもする、って言ったよね？」

「え、あ、は、はい。ボクにできること、なら……？」

そして私は気付く。気付いてしまったのだ。木箱の中にあった女児服。それらは、丁度この子の、子供用のサイズであった。コレはつまり、神様のお導きに違いない！

よし決めたぞ！

――私はこの子を男の娘《こ》にするッッッ！！！！

第二章

　エルフの男の子がなんでもするって言ったので、私は男の子を男の娘《こ》にして羞恥心を煽り、神様が求めるハイクラスな靴下を生産することに決めました、まる。

　さーて、そうと決まればエルフ君に悪魔の囁き——もとい天使の導きをしちゃうよ？

「ねぇエルフ君。君のお姉ちゃんを助けるために条件があるんだけど——ああ、別に奴隷になれとか無茶な要求はしないよ。今の君でもできることだ」

「な、なんでしょうか」

「ちょっと女装してほしいんだよね!!」

　私がストレートにそう言うと、エルフ君はキョトンと首をかしげた。

「……えっと、どうして？」

「あ、お腹空《なかす》いてる？　これ屋台で買ったホタテのバター焼き。食べて良いよー」

「ッ……い、いただきます」

　バターのいい匂いにつられ、私が差し出したホタテを受け取り食べるエルフ君。保存食を細々と食べ繋《つな》いでいたらしく空腹だったのだろう。貝殻まで食べそうな勢いだ。口周りを拭いてあげつつ、改めてニッコリと私は提案する。

「食べたね？　じゃあ、女の子の格好してくれるよね？」

エルフ君は気まずそうに頷いた。

「……はい。うう、それで姉様を助けてくれるなら……」

「モチロン、下着も靴下も全身ちゃーんと女の子のでお願いね？」

「な、なんで!?」

「しいて言えば、目の保養？　とびっきり可愛い君が見たいんだよなぁ」

おあつらえ向きに、木箱の中には丁度一式、下着まで揃《そろ》っていた。あ、靴下は教会でシエスタから貰ったヤツでお願いします。伸縮性あるから細い足でも大丈夫！

「女装姿が可愛かったら君のお姉ちゃんを助けるのも気合入れちゃうんだけど」

「ううっ……」

よし、顔を赤くしてる。このままエルフ君を可愛いと褒めれば羞恥を煽れるだろう。ぐふふ。私はエルフ君を箱から出して床に立たせた。わー軽い。アイシアよりも華奢《きゃしゃ》かもしれないこの子。

「荷箱の中に入ってた中から、自分に一番似合う可愛らしい服を、自分で、選んでね。君のセンスを見せておくれ！　あ、ちゃんとスカートでね。そこ必須ね」

「えう……わ、分かりました……って、あれ？　あの、ここってどこ……いや、なんなんですか？」

と、ここで今いる場所が謎の収納空間であることに気が付いたエルフ君。

「あ、ゴメンゴメン。言い忘れてたね、ここは私の隠れ家だよ。敵が来るってのは嘘。ここは安全だから安心してね」

「隠れ家……えっ、その、すごく広いというか……壁が、ない？」

果てしなく広がるこの収納空間の拠点には、私とアイシアで揃えた家具と、個室やキッチンに繋がるドア、それとさっき奪ったばかりの木箱しかない。一応床はあるが、壁と天井がない。広大すぎて地平線が見える。

「あんまり気にしないでエルフ君。乙女の秘密を詮索するのは無粋だぞ？」

「は、はい……分かりました」

素直に頷くエルフ君。……って、エルフ君って呼ぶのもなんだな。

「ねぇ。エルフ君の名前教えてくれる？」

「ええっと……」

「ん？　別に言いたくないなら偽名でもいいよ、呼び名にするだけだし」

なぜか言い淀むエルフ君にそう言う。もしかしてワケアリかね？　まあいいよ、仮令《たとえ》お偉いさんだったとしても、神様より偉いってこたぁあるまい。細かいことは気にしないカリーナちゃんは包容力たっぷりなのだ。

「なら、ディアと呼んでください」

「オッケー！　ディアちゃん！　私のことはカリーナお姉さんとでも呼ぶがいい！」

「ちゃん……」

口には出さないが、男なんですけど、と不服そうに眉を寄せるディアちゃん。でも私は君を女の子として扱うよ。立派な男の娘になってね！

「あのぉ、カリーナお姉さん。ボク、どこで着替えたら」

「ん？　着替えはまぁそこらへんで……あ！　ごめんね、女の子だもん、恥ずかしいよね！　待ってて、今着替えスペース作るから」

「え、ええ？　あの、男なのでやっぱり大丈夫で」

「いいからいいから！　遠慮しないで！」

と、私はササッと空間にシーツを張って簡易着替えスペースを作る。ただの目隠しカーテンだが、十分だろう。

「できたよ！　使って！　あ、ちゃんと1人でお着替えできる？」

「これどうやって浮いて……いえ、なんでもないです。ありがとうございます」

ディアちゃんは私にお礼を言って、シーツの裏に回り込んで着替える。実はシーツが薄いので、そのシルエットはこちらに見えるわけだが――まぁ些事《さじ》だね！　生着替えとかドキドキしちゃうね！

「カリーナお姉さん……着替えました」

「おー、着替え速かった、ね……ンンッ！」

黒いワンピースにオーバーニーソ。やっべ、男とは思えない見事な可愛さだ……！　可愛さを求めつつも、恥ずかしさからなるべくシンプルなワンピースを選んだのだろう。だがそれが似合う。初めての女装、という初々しさ！

頬を赤らめ、困った顔をしている。男の子なのに女の子の格好をするのはやっぱり恥ずかしいんだね！　分かるよ、私も元男だから！

つまりそれは羞恥心――神様の求めるスパイスということ！　イイネ！

「……ちゃ、ちゃんと、カリーナお姉さんの言う通りに下着も女物にしました。確認、しますか？」

スカートのすそをぎゅっと握るディアちゃん。

「そ、それはあとでね！」

思わず鼻を押さえた。鼻血が出るわけではないのだが、うわ可愛いぃー、抱っこしてぇー！　と悶《もだ》えたくなるところを必死でこらえてだ。フーッ、こんな可愛い子が女の子なはずがない、っていうのはこういうことか……やるなぁこやつめ。……コトが終わったら存分に撫《な》で繰り回してやろう！

「お、お姉さんのお眼鏡に適《かな》いましたか……？」

「もちろん合格！　可愛いよ、ディア君はとっても可愛い！　可愛い!!　超可愛いよ！　白銀の髪と黒いワンピースが絶妙なコントラストでよく似合ってるよ！　最強に可愛いよ、照れた顔が最高にキュートだよ!!」

　私はディア君を褒め散らかす。実際可愛い。可愛すぎる。何このエルフ可愛すぎて可愛いんだけど……くっ、私の語彙が少ない!!　何この可愛い生き物ぉー!!

「うう、ぼ、ボクが我慢すれば、本当に姉様を助けてくれるんですよね……？」

「助ける助ける！　任せて！　お姉さんこう見えてすげーから！」

「分かり、ました……よろしくお願いしますカリーナお姉さん。ボクのことは、好きにして構わないので……！」

　と、ディア君は頭を下げた。

　尚、さりげなく女装させてからは君付けで呼ぶことで、女の子の格好でもあくまで君は男の子なんだぞと意識させせていくスタイル。羞恥心を煽っていくぜ！

「それで、他にボクになにかできることはありますか？」

「じゃあとりあえずディア君のお姉ちゃんの特徴教えて」

「え？　あ、はい。そうですね」

助ける人の顔も分からないんじゃ、誰を助けたらいいか分からないもんね。

「えーっと、顔はディア君に似てるのかな？」

「はい。姉様もエルフで銀髪、ええと、身体つきはカリーナお姉さんに似てる、かな？」

「ふむふむ。服装は参考にならないからいいとして、情報が少ないな……ま、それらしいエルフ見つけたら助けていくからね。ディア君可愛いから、私頑張っちゃうよ」

「お願いします、姉様は大事な家族なんです！」

と、ディア君は改めて私に向かって頭を下げた。ポニテのうなじが可愛いね。ヨシ！


「あるじ様、ご飯の支度ができました――って、あらら？」

と、そのタイミングでキッチンからアイシアがやってきた。頭を下げるエルフの美少女と、頭を下げられている私。それを交互に見るアイシア。

「……いつの間に攫ってきたんですか？」

「わ、私じゃないよ!?　海賊が！　海賊がね!?」

私はアイシアに向かってわたわたと事情を話す。

「はぁ、なるほど海賊の荷物から。そういう事情でしたか。……てっきりあるじ様がエルフを創造したのかと思いました」

「いや思いっきり攫ったとか言ってたよねアイシア!?」

「ほんのジョークです。私があるじ様を疑うわけないじゃないですか」

くっ、やはり私ってば信用されてないんじゃないですかね!?

「とりあえず事情を伺いましょうか、ディア様」

「は、はい」


曰く、ディア君のご家族の商会で船と乗務員を借りての一大事業だったが、運悪く海賊に出くわし積み荷や諸々《もろもろ》を奪われてしまったらしい。元々は別の国の港を目指していて、ヴェーラルドに来る予定はなかったそうな。


「でも、確か航路の使用許可証がある商船だったら、海賊は見逃す契約とかがあるハズですよ？　襲われたということは、無許可の密輸船であった可能性があります」

「そんな！　姉様はそんなことしません、ちゃんと航路を使う手続きもしていました！」

ふむ。そうなのか。どちらが正しいのだろう……

ディア君が本当のことを言っているとするなら、マリンベル海賊団が許可のある商船を襲ったということになる。子供の証言だから、あまりアテにはできないけど……

「あ。ちょっと待てよ?」

と、私の灰色の頭脳がピーンと閃《ひらめ》いた。基本的知識本をにゅっと引っ張り出して、船交易について調べる――ふむふむ。やはりな。地球の場合ではもうほぼほぼ成功する船による貿易だけど、この世界では未熟な造船技術、発展途上な航海術、そしてなにより魔物の脅威により、成功率は高くない。むしろ低い。失敗しやすいギャンブルに近い代物。

つまり。

「その『失敗』に紛れ込ませれば、許可のある船を襲っても証拠隠滅――皆殺しにして船を沈めちまえばバレないってわけだね」

もし荷物に印が付いていたとしても「海に浮いていた木箱を拾った」と言い張られてしまえば追及できない。沈んだ船から失われたはずの荷を回収しただけ、本来無くなるはずだった荷を回収したんだからむしろ恩人、とまで言えてしまう。つまり『襲い得』だ。

「そ、そんな。それじゃあ姉様はもう……」

「いえ。奴隷にするのであれば証言を封じることができます。領主とも繋がっている海賊であれば、その点はなんとでもできるでしょう」

エルフは国外に出てくるのが珍しく貴重なので、そう簡単に殺したりはしないだろうというアイシアの見込み。この子の証言――奴隷にすると言っていた、というのもそれと一致するので、お姉ちゃんが生きてる可能性は高い。

……お姉ちゃん殺されてないといいんだけど。助けるって言ったからには助けないとなあ。カリーナちゃんは有言実行だからね。

「ま、生きてるなら私の力でなんとでもなるよ」

「そうですね。あるじ様ならたとえ両腕が切り落とされていても助けられます」

ふふん、と得意げなアイシア。実際に両腕を復活させた実績ご本人だもんね。

「お願いします。ボクにできることならなんでもしますので――」

ぐぅうー。と、ディア君のお腹が鳴った。

「……すみません……」

「あはは。ホタテだけじゃ足りてないでしょ？　他にも食べ物あるから食べなー。アイシア、ご飯持ってきてあげて」

「かしこまりました。すぐお持ちしますね」

「飲み物は……水とお酒しかねぇ！　コップ貸すから自分で水出す？」

アイシアがキッチンから料理を運んでリビングのテーブルに料理を並べていく。屋台飯の他にもアイシアが作ってくれたものが並べられて、テーブルの上はちょっとしたパーティーの様相を呈していた。……ジュースも買い溜《だ》めしとけばよかったなぁ。

「さ、おあがり。アイシアも食べようね」

「い、いただきます」

「いただきます、あるじ様」

そう言って屋台料理を食べ始めるディア君。食べる姿はなかなか品のある感じだ。というか着てる服も中々良いものだったし、船に乗ってたことを考えるに……お坊ちゃんなんだろうね、家が商会なわけだし。文字通り箱入り息子だったのかも。

……そんなお坊ちゃんに女装させるなんて後々怒られそうだけど……ま、そんときゃそんときよ。いざとなれば逃げれば良し！


それにしてもよく食べるな。よほどお腹が空いていたのだろう……もっと食べさせたくなるな、と、そっといくつか複製して増やしておく。……おっと、調子に乗って複製しすぎてふらっとした。深呼吸、深呼吸。ふぅ。

「……今、不自然にお皿が増えませんでしたか？」

「フッ、お姉ちゃんを助けてほしいなら詮索は無用だよ？」

ニヒルに笑って見せる。いい女は秘密を持っているもんなんだぜ。なんてね。

「あるじ様。それで、ディア様をお助けする、という方向で良いのですか？」

「うん。私はこの子の味方をすることにしたよ。いいね？」

「かしこまりました。あるじ様の御心のままに」

恭しく頭を下げるアイシア。

イチャモンつけて襲ってくる海賊と、捕らわれのエルフの美少女（少年）が並んだら、そりゃあ誰だってエルフの味方をするだろう。私だってそうする。むしろ、たとえエルフ側が実はガチの密輸入者で犯罪者だったとしても、私は美少女の味方だよ。そんであの神様なら靴下貰えるなら密輸入くらい軽くお許しになるよ。

……ってか、マリリン船長はともかくとして、個人的にゴメスが気に入らない。私はあくまで個人だ。どちらの味方をするかの理由なんて、それで十分だ。


そうと決まれば話は早い。

「それじゃ、早速ゴメスを見張ってお姉ちゃんの居場所を探るかな」

そう言ってゴメスの後方にセットした覗き穴を開く。

するとそこには火事で燃える倉庫と、それを見てニヤニヤ黄昏れるゴメスが居た。

……ああん？　何がどうしたってのコレ⁉

#Side海賊（ゴメス）

「つまりなんだい先生。あの女は神の使徒で？　倉庫の荷物が、神隠しにあったって？」

トンチキな話をしだした船医に、俺は怒りがわいてきた。思わずダンッ！　と地面を踏みつける。

「ふざっけんじゃねぇッ！　あの女が神の使徒!?　ンなわけねぇッ！　なら俺らのマリリン船長は神様だッ!!　海の女神だぞッ!!」

「し、しかしゴメス殿。状況的には正しく――」

「ペテンだ！　詐欺だ！　あの女が何かトリックを使ったんだ！　クソッ！　岩礁の隙間こじ開けてでも見つけて、その命をもって償いをさせてやるッ!!」

クソッ！　絶対許さねぇ。この俺をコケにしたばかりか、マリンベル海賊団の成果を盗みやがったんだ！　あの女、身体も精神もブッ壊して、魚の餌にしてやるしかねぇ！

「ゴメス殿。一体どんなトリックがあれば、ゴーレムが数時間かけて運ぶ荷物を一瞬で消せるのですか？」

船医の疑問。そんなこと、俺が知りてぇよ!!　でもあの女の仕業には間違いねぇ。

「わ、分かんねぇけど、それも含めてあの女をとっ捕まえて吐かせりゃいいだろ！」

「どうやって？　倉庫に連れ込んで襲おうとして失敗したんですよ？」

「……ッ！」

そうだった。俺は、あの女を自分のフィールドに連れ込んで、確実に捕らえたと思っていた。あの女がこの倉庫に足を踏み入れた時点で、泥棒の濡れ衣《ぎぬ》を着せて奴隷にしようと思ってたんだ。

なのに、逃げられた。手下をぶっ倒されて、荷物も一緒にだ！

「ぐぅ……ッ」

そうだ、荷物は既に売り先が決まっている物もあった。それが丸ごと消えてしまった。

これは海賊団、いや、商会としての信用問題にかかわる大損害だ。

「ご、ゴメス様……」

「俺ら、どうしたら……！　か、神様相手なんて無茶苦茶だッ！」

「う、うるせぇ！　慌てんじゃねぇ！　ああ畜生！　寝て起きたら無かったことにならねぇか……？」

海賊の癖に、女1人にビビってんじゃねぇよ畜生！　ああ、もうどうしたらいいんだ。

こんな失態、マリリン船長にバレるわけにはいかねぇし……！

「……さて、私は先に戻りますよ。今のうちに荷物をまとめておかなければね」

「あ!? 逃げようってぇのか先生! まだ契約期間中だろう!?」

「違約金は払いますよ、手切れ金としてね。ま、多少はそれを補填に充てればいい」

そう言って、船医は倉庫から出ていこうとする。

俺はとっさに回り込んでそれを止めた。

「ダメだ。オメェ、このことをマリリン船長に言う気だろう?」

「ええ、それはもちろん。船長にはお世話になりましたからね」

マズイマズイ。船医はその立場と仕事の内容もあって、俺と並んでマリンベル海賊団の幹部でもある。コイツの証言は、俺を貶《おとし》めるのに十分な説得力がある。

倉庫の中身が消えたことと、コイツの証言。どちらもマリリン船長に隠さなきゃならねぇなんて……と、そう思った俺の頭に、星の閃きがあった。

俺を避けて倉庫を出ようとする船医。俺はそれを更に回り込んで遮る。

「まぁ待て待て! いい手を思いついたんだ。それを聞いてからにしてくれ」

「いい手ですか。この状況で?」

うろんげな船医に、俺は親しげに肩を抱く。

「ああ。全部無かったことになる、最高の一手を思いついたぞ!」

「へぇ。そんな妙手があるとは思えないが一応聞い――」

――そして、そのまま首をゴキッと圧《へ》し折った。


口うるさい船医は黙った。二度とその口を開くことはないだろう。

「ご、ゴメス様!?　先生になにを!?」

「あ？　あー。こいつはな、俺らをペテンにかけてたんだよ。コイツから水を貰って飲んだことがあるだろ？　それに幻覚剤が混ぜられていたんだ。あの女はそういうことだ」

そう言って部下を納得させる。

首が折れて物言わぬ死体となった船医を床に蹴り転がした。……ンだよ、死体なんて仕事で見慣れてんだろ？　ビビッてんじゃねぇよ。


と、ここからが俺の閃いた最高の一手だ。

「そんで、こいつがタバコの不始末で倉庫を燃やしちまったんだ」

「え？　え？」

手下はきょとんとしている。

「つまり、こいつが全部悪ぃんだ。そういうことだ」

俺はまだ目をぱちくりさせている手下の肩を抱き、ぽん、ぽん、と肩を叩く。

「そういうことなんだ。いいな？」

――それともお前もこうなるか？　と、言外にそう匂わせながら船医の死体を蹴りとばすと、察しの悪い部下もブンブンと首を縦に振った。


……そしてその後、俺は部下達に近くから飼料の藁《わら》や廃材を運ばせ、船医の死体ごと火をつけた。火は勢いよく燃え、ごう、とあっという間に倉庫を火の海にした。

「あーあ、なんてこった！　アイツのタバコの不始末のせいで、倉庫がこのザマだ！　ちくしょう、先生だなんだの呼ばれて調子に乗ってやがったからなぁー」

これで、これで全部うまく行った。

「おい、荷物は、荷物はどうなった……えぇ!?　全部燃えちまった!?　そうだよなぁ、服やら布やらと燃えやすいモンばっかだったもんなぁ！　あーあ、何も残ってねぇ」

火事で積み荷が燃えてしまったから、予定していた出荷ができない。

それは全部、船医のヤツが悪い。そりゃ、倉庫の責任者だった俺も多少悪いかもしれねぇが、アイツが俺を妬んで火をつけたようなモンだ。だから悪いのは俺じゃねぇ。

「なぁッ！　なんもかんも船医の奴の仕業だよなッ！　アイツのタバコの不始末だッ！」

船医の死体が焼けて焦げて、そのムカつく顔も分からなくなっていく。

「そ、ですね、ゴメス様！」

「ええ、アイツのせいだ、アイツが全部悪いっ！」

「そっ、そうだそうだ！」

「おういいぞお前ら。分かってんじゃねぇか！　ガッハッハッハハ！」

部下達も、俺が悪くないということをしっかり分かってくれたようだ。

きっとマリリン船長も分かって下さるはずだ。


火事はマリンベル商会の倉庫を全焼させたが、俺達の通報が早かったおかげで、幸いにも隣の倉庫は軽く焦げただけで延焼はしなかった。

#SideEND

燃える倉庫は無事消火された。幸い隣の倉庫は少し焦げただけで燃え広がらずに済んだらしい。海が近いこともあり、水には困らなかった模様。マリンベル商会の倉庫は、基礎の石造りになっている部分を残してほぼ全焼だった。

ってか、やりやがったなコイツ。あの医者を殺害した上に倉庫を燃やして責任を押し付けやがった。ゴメスの主張曰く、悪いのはあの医者で、タバコの不始末で、自分は悪くないそうだ。

いやお前が悪いよ。……私は悪くないよね？　いや、その、実際荷物を盗んだのは事実ではあるので、多少は責任があるのかもしれないけど……

……はぁー、胸糞《むなくそ》悪いモン見ちまったよ。これ、時間が経《た》てば経つほど、ディア君のお姉ちゃんの無事が分からなくなるな。証拠隠滅に殺人と放火を躊躇《ためら》いなくやる極悪人だ。なんかの気まぐれでディア君のお姉ちゃんも殺される可能性がある。

一刻も早く確保しなければなるまい。……まだ生きていれば、だけど。

燃えている最中《さなか》の倉庫を調べたところ、少なくとも生きている人は居なかった。

「いやぁみんな、ありがとう。おかげで被害がウチの倉庫だけで済んだ」

「不審火とはツイてなかったねゴメスさん」

「まったくだ。こりゃかなりの損害だろう？」

「きっとウチの繁盛を妬んだヤツの仕業だろうな。火事の少し前に不審な女が入るのを見たってヤツがいたし……」

「火災だから領主様から補償が貰えるだろうってのがせめてもの救いだな。……はぁー、マリリン船長に怒られるだろうから気が重いぜ……」

と、いけしゃあしゃあと隣の倉庫の持ち主達と会話するゴメス。まさに、紛れもないマッチポンプである。ていうかもしかしてその不審な女って私のことだったりする？　オイ。

それで「しばらく忙しくなるからこのあたりで」と話を切り上げ、ゴメスは手下を引き連れて港へ向かった。

「さて……マリリン船長に報告しに行くかぁ……あー、気が重いぜ」

どうやら拠点は船のようだ。そこにディア君のお姉ちゃんもいるかな？　いてくれるなら話が早くて助かるんだけど。美人のエルフだし、貞操はともかく命までは奪われていないだろう。私なら少なくとも一週間は弄ぶ。間違いない。多分。そのはず。

ゴメス達は港に停泊していた結構大きな船――これぞ海賊船、と言わんばかりの帆船に乗り込んだ。ドクロマークの黒い旗がすごくそれっぽい。今は畳まれている帆にもきっとデカデカとマークが描かれているに違いない。

さて。追いかけるとしよう。私はディア君とアイシアに話しかける。

「ゴメス達が海賊船に乗り込んだ。ちょっと海賊船の中を探ってくるよ」

「え、ここから分かるんですか?」

「まぁ魔法でね。さーて、ディア君のお姉ちゃんはいるかな?　船の中に居たら楽でいいけど……それじゃ、2人は留守番してて」

「カリーナお姉さん……姉様を、お願いします」

「あるじ様。ご武運を」

「まかせてー」

ディア君とアイシアに見送られ、私は拠点を飛び出した。ディア君お姉ちゃんの靴下のためにも、海賊船の中を探っていくとしよう。


さてさて。光学迷彩で隠れながらゴメスの後ろをついていく。こんな大きな木造船、実物は初めて見るからちょっと興奮する。あと折角なのでマリリン船長が神器を使っているかどうかもチェックしておきたい所存だ。

……あれ、これ収納空間から出なくてもよかったな?　まぁいいか。今から戻ったらディア君とアイシアの目線が冷ややかになりそうだし、このまま行くとする。天井に張り付くニンジャスタイルだ。

　そうしていくと、船長室と思われる場所にたどり着いた。扉の前には海賊が2人、門番のように立っている。ゴメスが2人に「船長に重大な報告がある。一大事だ！」と叫ぶように伝えると、門番が中に尋ねるまでもなく室内から返答があった。

「一大事だって？　なんだい、入りな」

「マリリン船長、大変なことが起こりました。倉庫が全焼し、荷が無くなりました！　犯人は船医です！」

「……はぁ!?　どういうこと!?」

　ゴメスが部屋に飛び込むと、そこにはハンモックから身体を起こすマリリン船長がいた。休んでいたのだろう、コートは脱いでおり軽装だった。ピチッとしたストッキングと服がだいぶエッチである。って、それはさておき観察を続ける。

「おいゴメス！　倉庫はお前に任せてただろ!?　説明しなッ！」

「そ、そうなんですが船長。あの船医のヤロウがウチの倉庫の中でコソコソ隠れてタバコ吸ってたみてぇで……焼け跡から、吸い殻と船医の死体が見つかりやした」

「あのクソ医者、まだタバコやめてなかったのかい!?」

　火事になったら逃げ場のない船において、火は天敵。医者はタバコをやめろと勧告されていたようだ。そして、それによりゴメスの言い訳が通ってしまう。

「港で吸ってたら仲間にバレちまうから、って倉庫で吸ってたんでしょう。それがまさかこんなことになるとは……」

　つらつらと口から嘘を並べ立てる。ここに来る途中で考えていた言い訳だろう、先ほど火事を前に手下に叫んでいたものより理路整然としている。

「チッ、まずいね。身内の不始末となると補償金が下りるかも怪しい……」

「大丈夫っす船長！　そこは俺がしっかり隠しといたんで！」

「おお！　そいつはでかしたよゴメス！」

　ゴメスのふてぶてしく分厚い面の皮で、マリリン船長はすっかり騙《だま》されてしまったようだ。うっわ。ひってぇなコレ。

「しかし参ったね。倉庫が焼けた上に荷もなくなった？　大損害じゃないか」

「とりあえず船医の貯金を徴収しやしょう。少しでも足しになるかと」

「冴《さ》えてるじゃないかゴメス。でもそれだと船医が倉庫の出火原因だって言わなきゃならないんじゃあないか？」

「大丈夫っす船長！　別の理由をでっちあげちまいましょう！　文句を言う船医はいないんだし、なんかこう、あー……そうだ！　アイツが荷や薬をちょろまかしてたってことで！」

　あっ、これ自分がちょろまかしてた分を押し付けやがったな。と、私は察した。

「それでいくか。はぁー、やれやれ、頭が痛いねぇ。けれどゴメス、アンタも倉庫の責任者だ、何のお咎《とが》めもナシってわけにはいかないよ？」

「覚悟の上です、船長。煮るなり焼くなり、好きにしてくだせぇ」

と、殊勝な態度をとるゴメス。その表情は清々《すがすが》しい。一見覚悟が決まっているようにも見えるが、これはあれだ。言い訳がうまくいったことで安堵《あんど》してるだけだ。

「じゃ、当面給料はナシだ。いいね」

「……うす」

あ、ちょっと不服そう。いやお前が全部燃やしたからそうなってんだぞ。

「けどまいったね。今回の荷物はもう残り全部領主様ンとこに売るって決まってて、金も受け取ってただろう。これは穴埋めをしなきゃ信用に関わる問題だ。領主様に見限られたらアッという間に干上がっちまうからね。……すぐにでも仕入れに行かないとマズイな。よし、ゴメス！　団員に召集をかけな！　1時間後に出航するよ！」

「アイマム!!　すぐ号令をかけてきます、マリリン船長！」

とゴメスは船の外へ号令をかけに出る。……私の監視は、ここでゴメスからマリリン船長に移動だ。一応ゴメスにもマーキングはしておくけど、ほら、マリリン船長からは靴下徴収しないといけないわけだし。けしてムサい男より美女を見ていたいという理由ではないぞ。

ワイプ程度にはゴメスの監視映像を視界の端に留めといて、何かあれば分かるようにはしておく。空間魔法って便利だねぇ。


で。どうやら代わりの獲物を求めてすぐに出航する模様。私は海賊のことなんてよく分からないけど、そんな早く航海の支度ってできるもんなのだろうか。もう準備済みで休暇に入ってただけという可能性はあるな。

マリリン船長はゴメスが部屋を出ていった後、改めて手櫛《てぐし》で軽く髪を整えると船長帽を被り、コートを羽織った。そして、部屋の前に控えていた2名を連れて、船の中を歩いていく。恐らく、船の中心あたりが目的地。

そこには、他より少し豪華な装飾が入った扉があった。一目で重要そうな部屋だと分かる。

「ポセイドンよ！　偉大なる海の神！　その上を渡る無礼者の位置を教えたまえ！」

マリリン船長が部屋に入りつつ叫んだ。その部屋は全体が祭壇になっており、中央に透き通る青い水晶玉が安置されている。マリリン船長の声に反応し、水晶が光った。水晶の中に星のように光が浮かぶ。複数浮かぶ光は、金銀銅に白。光の強弱、点滅速度が違う。

そして、若干見覚えがある線がうねっている。……上空から見たときの海岸線の形だった。

「……銀、銀、こっちは金……白、獲物だ！　って、小物。ただの密漁の小舟か……お、デカイ銅発見！　手頃な距離で、期限切れが間近だし、2、3日で白になる。なんておあつらえ向き！　これなら帰港をズラせば辻褄は合う……こいつを獲物としよう！」

つまるところ、これはどうやら船舶レーダーである模様。それも、発言と併せて考えるに、許可の種類や期限、船の大きさとも連動しているらしい。

ということは、密集して光っている場所はヴェーラルドの港か。これは海の上で迷子にならなくて済みそうだ。

これは……マリンベル海賊団の勝利の秘訣、というやつだろう。このポセイドンとかいう船舶レーダーがあれば、他の船なんて圧倒できる。

……。

あれ？　これもしかして神器じゃね？　この世界の文明レベルに対して明らかに過剰でしょこの性能。やっべー、ディア君のお姉ちゃん捜してて神器見つけちゃった？　こういうの棚から牡丹餅《ぼたもち》っていうんだっけ。

「偉大なる海の神！　我々がこの不届きものを狩ってみせましょう！　あと半刻《いちじかん》の間に準備を行いますゆえ、時が来たら我々を敵の下へお導き下さいませ！」

マリリン船長のお願いに、水晶がピカピカと光って、60分タイマーが起動した。ご丁寧に数字でカウントダウンしている。マリリン船長は胸元から取り出した金色の懐中時計を見て、時間を確認した。

わー、便利。なにこれスマート家電？　時間が来たら自動的に出航すんの？　船舶レーダーってだけじゃなくて、目標までの自動航行機能まであるとなれば神器なのは確定的に明らかと言わざるを得ない。

問題はこれが回収してもいい神器かどうか、ってトコロなんだけど……うーん、どうなんだろう、悩ましい。銅だの白だのがどういう意味なのかしっかり解説して欲しいんだけど、そうそう都合の良い独り言を言ったりなんてしないよね。

「いやぁ、一時はどうなることかと思ったけれど、手頃な位置に期限切れになりそうな商船が走ってるだなんて！　ふふっ、アタシってば神に愛されてる！　海上で足止めすれば期限切れになって白くなる。あとはそれを不備として狩ってやれば、損害の補填には十分だわ！」

言ったわ。都合良い独り言言ったわ。私ってば神に愛されてるぅ。神様の『愛してますよカリーナちゃん！（あなたの納品する靴下を）』というセリフの幻聴が聞こえるぅ。

えーっと？　つまりアレかい？　マリリン船長は、自分達の損害補填のために現状罪も瑕疵《かし》もない相手にイチャモンつけてギリッギリで罪に仕立て上げて襲おうとしているわけだね。

……はい！　カリーナちゃん的にそういうの良くないと思います!!

なのでまぁ……これは回収して良いんじゃないかなぁ……って！　思いました!!

はい。なのでね。あのポセイドンって水晶玉はいただくとして、悪いコトしちゃうマリンベル海賊団には多少痛い目を見てもらいたいと思います。

とはいえ、またパラシュートレススカイダイビングというのも芸がない。悪人の懲らしめにNAMAHAGEメソッドが優秀だとはいえ、もうちょっとバリエーションが欲しいところ。なので今回はGOUTOUで行ってみようかな、と。マリリン船長の靴下も約束通り貰い受けたいしね。……強盗じゃなくて取立人かな？

さてそうと決まれば下見下見……っとぉ？　ゴメスの方で動きがあったな。どうやら、マリンベル海賊団の拠点はヴェーラルドの町中にもあった模様。マリンベル商会の事務所、というカンジの石造り2階建ての建物があった。やや裏通りな場所にあり、裏稼業の事務所といった風情もある立地である。

「てめぇら！　休暇は終わりだ、急いで支度しろ！　あと30分で出航だぞ！　マリリン船長のご命令だ、動けッ！」

そしてそこにゴメスが叫びながら入ると、事務所はにわかに蜂の巣をつついたような大騒ぎになった。

「ええっ!?　あ、アイサー！　ゴメス様！」

「アイサー！　お頭のご命令は全てに優先される！　急げ急げ急げ!!」

「食料は積み込み済みだったよな!?　嗜好品《しこうひん》だけ今持てるだけ持ってくぞ！」

「ちょ、女は!?　さっき出張娼館呼んだばかりなんだけど！」

「閉めときゃ帰るだろ!!　船の備品を使えっ!!」

ドタバタとあれやこれやと準備し、地下室の倉庫や2階の事務室、1階の応接室とで十数名の海賊一味達がわちゃわちゃと行ったり来たり。そして各々手荷物を持って、ゴメスがしんがりを務めて追い立てるように残らず船へと走っていった。一応、玄関の鍵もちゃんと掛けて。

うーん、訓練された三下達だね、感動的だ。だが、強盗カリーナちゃんの前ではその鍵程度、無意味なのよね。

私は誰もいなくなった事務所の中にそっと転移する。うーん男臭い。汗臭くて吐きそうだ。

「これはあとで換気しなきゃね。……空間《エリア》スキャン！　掌握！　収納!!」

シュインッ、グッ、パッ！　と魔力を動かし、私はこの事務所を地下室ごとくり抜いて、収納空間拠点へと強盗した。目にも留まらぬ早業。音もなく、事務所は収納空間に移った。

空間魔法で鍵を開けてやれば、ちゃんと1階部分が拠点の地上部分になっている。

そして突然現れた海賊達の事務所から出てくる私を、ディア君が目をぱちくりさせて出迎えてくれた。

「一旦ただいま。これお土産ね」

「な、えっ、あ、あの、お、おかえりなさい、カリーナお姉さん」

「おかえりなさいませあるじ様。こちらの建物は一体……？」

一方、アイシアは既に「まぁあるじ様ですからね」と少し呆れ顔だった。

「海賊の拠点。悪事の証拠とか出てきそうだから、丸ごとかっぱらってきちゃった」

「ま、丸ごとかっぱらった、ですか!?」

「うん。けどどれが証拠かは分からないんだけどねー。2階の事務所スペースの二重底になってる引き出しや隠し金庫が怪しいから、そこらへんの書類を貰っておけば大丈夫だと思うけど」

ゴメスがそのあたりでゴソゴソしていたのである。なので、鍵らしい鍵や隠しは全部開けて持ち出せるようにしておいた。あとで複製を作っておこう。

「あるじ様。ちなみにこちらの建物に、ディア様のお姉様は……？」

「残念ながら居なかったね。あ、この中に人を含めて生き物はいないよ。ネズミとか害虫とかも収納からは除《よ》けておいたから」

多分今この事務所があった土地の、地下室分がくり抜かれた窪《くぼ》みの中に、収納時に取り残されたネズミや害虫がボタボタと落ちたところだろう。死体なんかも無かった。

「使えそうなものは貰っちゃっていいんじゃないかなって。なんか良さげなものがないか二人で探しといて」

「かしこまりました。……あるじ様の魔法は便利ですね。掃除が楽にできそうです」

「ボクはまだ理解が追い付いていないですが……カリーナお姉さんがとんでもない魔法使いだ、ということは分かります」

ふふふ、もっと褒めてもいいのよ？　美少女に褒められると気分アガるからね！

あ、事務所があったはずの場所に娼婦のお姉さんが来て困惑してら。そいや出張娼館呼んだとか言ってたな……今からここに呼んで代わりに私がお相手しちゃダメかな……ダメか。そもそも子供のディア君が居るしやめとこう。

そしてゴメス達が海賊船に戻る前に、私は船の中を確認しておくことにした。

出張娼館もだけど、船の備品、って発言があったのが気になったんだよね。出張娼館に対して代わりに備品を使え、ってことは、備品＝女の子ってことじゃん？　モノ扱いですよ。人権がないね。で、人権がないといえば、奴隷なわけですよ。

「……まー、ディア君のお姉ちゃんでエルフなら超美人確定なんだろうし、奴隷になった時に備品にされてしまう、なーんてこともあり得るわけで……」

その場合はディア君に到底見せられない状況になってるかもしれんなって。生きてるなら身体は治せても、精神は……脳を弄《いじ》るか？　うーん、さすがに無理があるかな。神様ならできるかも……うん、できるなあの神様なら。記憶の巻き戻しとかフツーに。よし、いざとなったら神頼み（ガチ）だな。


で、マリリン船長の後ろに転移し直した私。もちろん姿は消しているし、船内では海賊達が慌ただしく出航準備をして走り回っていて些細な違和感を気にするような奴もいない。

「んじゃ、空間魔法展開っと」

船の中をスキャンする。……お、見つけたぞ。あのポセイドンって水晶玉があった部屋を中心に、船長室の反対側あたり、小分けにされた船倉のひとつにそれらしき部屋が。座標を確認できたので、私は早速その部屋に転移した。

　部屋の中にはぼろぼろの服を着て、壁に繋がれてる3人の女がいた。幸い出航準備に忙しくて、使用中ではなかったが……直前まで使用されていた形跡もあった。うーん、えっち……とか言ってる場合じゃないなぁ。全員もれなく目から光が消えているしなんかもう生臭い。っていうか部屋が臭い。洗浄したれよ。ンモー。スカベンジャースライムがたかるようにして掃除してるけど追い付いてない感じじゃんか。

「うーん、半分手遅れ？　おーい、元気な人いるー？　助けに来たよー」

　私がスライムを除けつつ声をかけると、1人がピクリと反応した。

「う……あ？　たす、け？」

「エルフのお姉ちゃんいるー？　もしくはお姉ちゃんの居場所知ってる人ー？」

　しかし銀髪もエルフ耳も見当たらない。居たのは人間2人と獣人のお姉さんだけだった。

　うーん、少なくともこの部屋にはいないなエルフさん。

「……あな、たは……？」

「ねぇお姉さん達、エルフ知らない？　あ、ホタテとか食べる？」

　バター焼きのホタテを差し出し近づけると、お姉さん達はそれぞれ弱々しく腕を上げて受け取り、涙を流しつつ食べた。最初に反応しなかった2人もだ。

うん。ホタテ食べる元気があるなら大丈夫そうだ。

「あり、がとう……久々に、人間になった気分だわ」

「そりゃ結構。で、なんかエルフの情報ない？」

「……捜し人かは分からないけど、何日か前にエルフを捕まえたとか言ってた、かも。でも、売り払うって言ってたし、もう売られたんじゃないかしら」

「美人のエルフさんだよ？　手元に置いといたりしないもん？」

「よほど高い値が付いたんでしょ」

未使用のエルフさんだったとして、未使用のままの方が当然高く売れるわけで。売るとなると、未使用状態を維持するために自分では使えないわけで。

「……自分で使えないならさっさと売る方が良いわね。目の毒だし」

ごもっともである。

「どこに売られたか分かる？　って、奴隷にして売ったんなら、ヴェーラルドの奴隷商かな？」

「待って、ここの船の医者が闇奴隷商なのよ。まともなルートで売られたとも言い切れないわ。……私達も奴隷にされてて、アイツらに噛みつくことも自害も封じられてるの」

船医……ゴメスに燃やされてたアイツかな。

「はぁ、じゃあ仕方ない。代わりと言っちゃなんだけど、お姉さん達を助けてあげよう。あとでお願いを聞いてもらうことになるけどね」

「……ありがとう。気持ちは嬉しいけど、私達は無理よ。足手まといだわ」

「ん？」

と、諦めたように言うお姉さん。ここで一つ違和感に気付く。繋がれたお姉さん達の足が目に入る――いや、入らなかった。くるぶしから先が無かったのである。雑に巻かれた包帯から焼かれた傷口が覗いていた。それぞれ両足とも、だ。

「この足じゃ、ね……」

「あー……脱走禁止的なやつかな」

「ええ。奴隷なんだから命令で縛ればいいだけなのに、わざわざ切りやがったの」

足を切っておけば、歩いて逃げられない。弱るので部屋に閉じ込めるのも簡単になるという寸法か。そんな気軽に足を切り落とすだなんて、やっぱり異世界だなぁ。

回復魔法とか魔法薬ならこういう欠損も治せるんでしょ？　アイシア治した後に基本的知識本で調べたけど、神聖魔法で手足の欠損が治せるとかいう情報があったもん。……特に神聖魔法ってのがあれだな、あの神様が靴下のために足を治す光景がありありと目に浮かぶよ。思わず目頭を押さえる。

……って、おい待てよ？

足が無きゃ靴下が穿けないじゃないか!?

「おお……これは神様が大激怒間違いねぇな……ああもう」

「私達のために嘆いてくれるの?……ふふ、ありがとう」

片足が残ってたなら簡単に対処できたんだけど……これじゃあアイシアの時とは逆に、手から足を作るしかないじゃん。あー面倒。

「私達のことは見捨てて。この足じゃ帰れても置物にしかなれないし、できれば、殺してくれると嬉しいんだけど……最期に人扱いされて、嬉しかった」

「はぁー……じゃあ足を治してあげるからちょっと待っててねー」

言いながら、空間魔法を展開する。ついでに施術は地味にグロいから三人の足をシーツで隠してっと。あとはちょちょいのちょい、と言うほどでもないが、既にアイシアの時にもやったような手順だ。まずは3人の右手をコピー。細胞を増やしたり減らしたりで足の形に成形。それぞれ右足を作り終えたら反転コピーで左足にして、上書きペースト。コピーしてぺったん。

あとはワン・ツー・スリーとシーツをとれば消えていたはずの足がそこに！　わー、ぱちぱちぱち。切断マジックならぬ再生マジック大成功ー、なんちって。

「はい。これで両足ができたね。動く？」

「えっ、あ、え？　あ、足が、あるっ!?」

困惑しつつも、足の指をぐっぱぐっぱと動かすお姉さん達。問題ないな、ヨシ。

はー、これ多分回復魔法なら一発なんだろうなぁ。見た目も光り輝いてグロくないんだろうし。空間魔法は万能だけど、専門外のことをするには工夫が要るんだよ。

……おっと、ふらふらっとした。ちょっと3人同時のコピー・成形は魔力使いすぎたかもしれん。深呼吸深呼吸……うげぇ、空気が生臭ぇ！　うぉえっぷ、吐きそう……

「だ、大丈夫!?」

「うう、大丈夫大丈夫。でもなんにせよ私が治したんだから報酬は貰うよ。支払いは靴下で――いや待て」

ここでふとあることに気が付いてしまった。

私、今このお姉さん達の足をコピーした、よね。空間魔法で。……その。靴下の素材もコピーしたらダメなのに、足本体がコピーとか……神様の性癖対象外になっちゃうんじゃね？

「……ミスったぁ！」

私は頭を抱えた。あわよくば足を治したことをタテにとって今後靴下を定期的に量産してもらおうと思ってたのにぃ！　これじゃ神様に納品できない靴下しかできないじゃん！

あー、回復魔法だったら大丈夫だったんだろうなぁ……しくったぁ。

「な、何か使っちゃまずい回復薬を使っちゃったの？」

「あ、いや。そういうわけじゃないんだけど……これは怒られそうだなって……いや、なんでもない。なんでもないよ」

と、そこで床に包帯が落ちていることに気が付いた。足に巻いてあった、血とか膿《うみ》とか謎の体液とかで汚れきった包帯だ。

「あ。この包帯ってもういらないよね？……治療費はこれでいいや。うん」

これも足に巻いてたわけだし靴下扱いにならんかなぁー。と拾って仕舞う。

「あの、あなた、何者……」

「おっと、詮索は不要だよ。んじゃ、お姉さん達をちょっと目を瞑《つぶ》ってもらえる？」

お姉さん達は私の言うことに素直に従い、目を閉じてくれた。

……私の目が届かない所で騒がれても困るので、ディア君とアイシアのいる拠点とは別の時間停止収納空間に入れておこうね。ポイポイポイッとな。またあとで。次に目が開く時は安全地帯だよ。

さて。とりあえず情報が手に入った。どうやらディア君のお姉ちゃんは既に売られてしまったらしい。つまりこの船には居ないわけだが、正規の奴隷商を通さなかったのならどこに売られたかは不明。追加の情報が必要だ。

「ここはゴメスよりマリリン船長に聞くべきかな?」

そんなことを考えていると、この部屋に向かってくる足音が聞こえたので、さっさと退散しておく。

とっさに選んだ退散先は、船長室だった。マリリン船長が床にがっしりくっついているタイプの机に向かって座っている。そこに海賊達が「出航手続き完了っす!」「ゴーレム乗り込みました!」「食料問題なしっす!」「帆、セットしました!」と次々報告にやってきていた。

マリリン船長は報告を聞いて「よし」「ああ」「おけまる」「合点」と短い返事でさばいていく。そこにゴメスも戻ってきて報告に来た。

「マリリン船長! 一味連中、集合完了ですぜ!」

「よし。出航準備はOKっと……そろそろ出航時間ね」

マリリン船長は胸ポケットから金色の懐中時計を取り出し、時間を見た。確かに水晶玉に宣言した時間だ。

椅子から立ち上がり、部屋を出る。私はマリリン船長達の後ろから姿を消したまま付いていく。……そろそろ追跡者スキルとか取得してもおかしくないな、と思いつつ付いていくと甲板だった。船長室から出たところは、甲板の中でも一段高くなっている。一方で、海賊達は船の中央甲板に集まっていた。


「キミ達ぃー？　出航準備できたぁー？」

「「「アイマム！　準備万全でさぁ!!」」」

可愛らしく呼びかけるマリリン船長に対し、元気よく答える海賊達。

「よろしい。今回の緊急召集だけど、知ってるヤツもいるだろうが、ウチの倉庫が燃えて納めるはずの荷が無くなっちゃったのよ。急いで補填しないと非常にマズい、とだけ覚えておいて」

ざわざわ、と騒ぐ海賊達。ゴメスがそこに補足する。

「火事の犯人は船医だった、タバコの不始末だ。アイツは自分で起こした火事に巻き込まれて死んだが、俺達はその尻ぬぐいをしなきゃならねぇ！　いいか！　船長のために休暇返上だ！　ここで働けねぇ奴は一味じゃねぇぞ！」

「なんだと!?　先生の仕業かよ！」

「ったく、タバコやめなかったもんなぁ……」

「船長のために働くぞー！」

ゴメスの言葉に騒がしくなる海賊達。船医を罵った一部の海賊は――ゴメスと共に、倉庫に火をつけた奴らは――そっと顔を伏せていた。

「船長。どうぞ」

「丁度時間ね。それじゃあマリンベル海賊団……出航ーーー!!」

「「「ヨーソロー!!」」」

マリリン船長がそう言ったほぼ直後、海賊団のマークが描かれた帆が突然ボンッと膨らみ、船がスゥッと動き出した。港を離れて海へと繰り出す海賊船。

「……はぁ、毎回思うが、さすがだな。こんな静かな出航なんて。しかも速い」

「ああ。こんなの他の船じゃ有り得ねぇ。ポセイドン様々だぜ」

「普通はどうなの?」

「そりゃ風魔法でガツンとやるんだったらもっと荒々しく……ん? 今の声誰だ?」

おっと。姿を消したままでもそっと会話に交ざったらさすがにまずかったたか。

でもって、これはポセイドンの力らしい。

「ターゲットと接敵するまでおよそ3時間だ。あんた達、しっかり準備しときな!」

「「「アイマム!!」」」

マリンベル海賊団の連中は、各々配置に就いていった。……さて。私はどうしようかな。

とりあえずマリリン船長にディア君のお姉ちゃんについて話を聞きたいわけだけど……

マリリン船長を拉致って話を聞こうかな？　と、空間魔法を使おうとしたところに、下っ端が走ってやってきた。

「た、大変だゴメスさん！　備品がいない！」

おっと。私がくすねた、もとい助けた備品の女の人達の話か。出航して早速使おうとした奴がいて、バレたようだ。

「バッ、おま！　マリリン船長のいる前でその話をするんじゃねぇ！」

「ん？　備品？　なんの不備かい？」

「あ、へへへ、大丈夫っす、こちらの話でさぁ」

小首をかしげるマリリン船長に、へこへこと頭を下げて誤魔化すゴメス。ついでに報告に来た下っ端はゴメスにゴツンと殴られていた。……もしかしてマリリン船長、お姉さん達の所業をご存じない？

……

そうだ！　いいことを思いついた！　私はお姉さん達が着ていたボロ布な服をコピーしてこっそり着替える。そして、

「ひぃっ！　お、お助けー！」

マリリン船長の視界に入るように、ゴメスの後ろで怯えた風に転んでみせてやった。

「あ？……ああ!? て、てめぇ!? どっ、どこから現れた!?」

「この船に連れてきたのはアンタでしょうがっ！ 私を拉致っていやらしいことをするつもりなんでしょう!? エロい本みたいに！ エロい本みたいにー!!」

と、わざとらしいくらいに騒ぐ。嘘ではない。元々ゴメス達が私を船に案内したわけだし、倉庫で私をボコッて拉致ろうとしていたのは完璧に事実である。

「はぁあ!? や、え、ちょっ……!!」

あわあわとマリリン船長と私を交互に見るゴメス。マリリン船長は逆にスッと冷めた顔をしている。

「おい。ゴメス？ コイツの顔、覚えがあるんだが？ 確かお前が飲み比べで負けたお嬢ちゃん、だよなぁ？ なぁオイ。どうしてここにコイツがいるわけ？」

「ち、ちがっ……お、俺じゃねぇです船長！」

「なによっ！ 私が勝手に海賊船に乗り込んだとでも言うつもり!? アンタの部下が私を取り囲んで……それをアンタがニヤニヤと眺めて……この強姦魔《ごうかんま》！ 女の敵!!」

「ち、ちげぇ！ ちげぇんです船長！ こ、こいつが悪いんです！ 倉庫の件も！」

「倉庫？ なんで今ここで倉庫の話が出てくるの？」

おおっと！ ボロが！ ボロが出てきましたよゴメス君！

「あっ……え、いや、こ、コイツは、その！　船医のヤローと一緒にいて……」

「ゴメスが船医を刺殺して、死体と倉庫に火をつけたんです！」

「はぁああッ!?　テメェが荷物をどっかに消したんだろうが!?」

あらー？　あららー？　荷物は燃えたんじゃなかったっけぇ？　くっくっく。どんどんボロが出るねぇ！

「それにあのマリンベル海賊団が、女の人を拉致して監禁凌辱《りょうじょく》していただなんて……うぅっ、男子便所に鎖で繋がれていた3人のお姉さんは助けたものの、私だけ逃げ遅れてッ！　このままだと私もゴメス達に性的な意味で食べられちゃうッ!!」

「てめっ、だ、黙りやがれぇえええ!!」

ゴメスが殴り掛かってきたので私は大げさに避ける。

「そう！　船長室から対角にある男子便所に！　隠すように欲望のはけ口になっている女の人が居て備品って呼ばれていましたっ！　この服はその備品の服でっ！　私はその部屋から逃げて……っ！　さっきの『備品がいない』ってのはつまりそういうことです！」

と、下っ端を指さしながらその事実を言うと、今度は下っ端の顔色が青くなった。

「……おい、おい。こりゃどういうことだァ、ゴメス？」

マリリン船長、怒涛《どとう》の新情報にこめかみをピクピクとさせている。

「いや、ち、ちげぇ、ちげぇんです船長！」

「っせーーーんだよッ!!」

マリリン船長が激高し、ゴメスと下っ端をまとめてガガッと蹴り飛ばした。２人は船の壁にべごんっと叩きつけられ、べちっと床に落ちた。魔法的な防壁が一瞬展開されたので船は無傷だった。

「なんでこの海賊船に！　アタシ以外の女が乗ってんだぁ!?　アアン!?」

あ、マリリン船長が怒るとこそこなんだ？

「この船の団員は！　アタシを！　唯一の女神の如く！　崇《あが》めろって言ってンだろ!!」

「ひっ……し、知りやせん！　コイツが勝手に密航してきたんだっ！」

身体を丸めて防御するゴメスを、マリリン船長はブーツで踏みつける。

「テメェらマジぶっ殺すぞ!?　オイ!!」

ビクッと震えるゴメスと下っ端。

「だ、だって船長、見せびらかすだけでヤらせてくれねぇし……ッ！」

下っ端がそんな言い訳をすると、そいつの頭が消し飛ぶ――いや、消し飛ぶと錯覚するほどの勢いで殴り飛ばされていた。

「ったりめーだろ！　テメェらみてぇな雑魚やブサイクの子種なんてアタシに相応しくないんだよッ!!　アタシとヤリてぇんならこの永遠の美少女、マリリン船長に釣り合う美少年に生まれ変わって出直してこいッ!!」

とドサッと崩れ落ちる下っ端。顔が思いっきり腫れている。白目をむいているので、多分マリリン船長のお言葉も聞こえていないだろう。

と、その隙にゴメスが土下座の姿勢をとっていた。

「す、すまねぇマリリン船長！　こいつらがどうしてもっていうから言うことを聞かせるために見て見ぬフリを……お、俺は使っちゃいねぇよ!?　船長一筋だッ！」

絶対嘘だろオイ。

「チッ。ゴメスには後でじっくり話を聞かせてもらうとして……おいそこのメスガキ！　テメェもいつまで船に乗ってんだ、さっさと降りろ！」

「ん？」

今度は私に向かってそう言ってきた。だが降りろと言われても、もうこの海賊船は海に出てしまっているわけで。

「えーっと……せめて港に帰るまで保護して乗せてくれたり、とかは？」

「知るかッ！　この船はアタシの船だ、売り物以外の女は乗せねぇんだよッ！　今すぐ降りろ！」

「あ、じゃあせめてエルフの女の人どこに売ったか教えて？」

マリリン船長は私に向かって手を向ける。

「ポセイドン！　船長権限執行――乗船拒否!!」

次の瞬間、私は空気に押し出されるようにして船の外にぽーんと放り出された。

ぽーん、である。救命胴衣もなく、小舟に乗せてくれるでもなく、空中にほっぽり出されて海に真っ逆さまに落ちていく。

私じゃなかったら溺れて死ぬぞオイ。しかも結構な速度で進んでいるから、一般人なら丸1日泳いでも帰れない距離だコレ。そう思いつつ、私は空間魔法で飛んで引き続き海賊船に付いていく。

まだディア君のお姉ちゃんについて情報貰えてないんだよ。あと船長の靴下も貰えてない。

私は再び海賊船に侵入しようとして――ぽいん、と見えない壁に弾《はじ》かれた。

「……おおう？　なんだこれ。結界ってやつか？」

強引に手を突っ込むと、手が強風に押し出される。入れない。……乗船拒否、なるほどこういうことかぁ。なるほどなるほど……

「転移！……うぉん!?」

改めて海賊船の中に転移すると、やはり風に押し出されてポーン。なんてこった。海賊船からブロックされてる。これじゃ入れない。

「むむむ。じゃあせめてポセイドンだけでも回収……!?」

と、船の内部からお取り寄せしようとしたのだが、うまく反応しない。船の中がさっぱり把握できなくなっている。まさか、空間魔法に対してもブロックが適用されているというのか。

「ってことは、やっぱポセイドンは神器だな。神器でもない魔道具が、私の空間魔法を阻害できるとは思えないし………仕方ない、このまま付いていくかぁ」

どうやって回収しようかなぁ。色々。あと情報も。


のんびり考えながら、私は海賊船に付いていく。海賊船の中に入れないので海賊船の上空に陣取っていると、遠くの方に船が見えた。恐らくマリリン船長が言っていたターゲットだ。確か海上で2、3日足止めとかなんとか言っていたけど……と、ここでひとつ名案を閃いた。

私が海賊船に入れないなら、海賊から私の方に来てもらえばいいんじゃない？　と。

「フフン、発想の転換。私は天才だな」

というわけで、私はこの名案を実行すべく――海賊より先にターゲットの商船を襲うことにした。正確には乗員全員に一時的に避難（強制）してもらって、船を貸してもらうだけだ。なんならコトが済んだら港の近くまで船を運んでから解放するからむしろお得なくらいで。……さすがにカリーナちゃんは悪いことしてない人から物を奪うなんて、しないよ？


というわけで、私はさくっとその商船へと転移した。

「……ん？　誰――」

「ゴメンね、ちょっと船借りるよ。ほい収納」

パチンと手を叩く。その瞬間、この船に乗っている生き物は私だけになった。

はい、シージャック完了。あとでちゃんと戻すからね。……悪いことしてる船じゃないよね？　一応収納した中や積み荷に怪しいものが無いかだけ確認しておくかな。

#Side海賊

海賊達は、いよいよターゲットを目視した。ポセイドンによって推進する船は、通常では考えられないほどのスピードでターゲットに向かって進んでいる。

船の甲板で風を受けてコートをなびかせるマリリン船長。そして、不自然に顔を腫らした海賊達――船に『備品』を連れ込んでいたことで、マリリン船長から折檻《せっかん》を受けていたようだ。途中で中断されたためにまだ顔が無事な連中も居るが、そいつらは襲撃の後に折檻の予定だった。


「よし、いつもの手で行くよ！」

「アイ、マムッ！　お、おめぇら！　マリンベル海賊団の得意技、いくぞぉ！」

「「「アイマムッ！」」」

いよいよ目と鼻の先にまで船が近づいても、海賊船はその速度を緩めない。

「このまま突っ込むよッ！　ヨーソローッ！」

「「「ヨーソローーーー!!」」」

マリリン船長の掛け声で、海賊達は近くの手すりに掴まる。船による体当たり。本来であれば自爆特攻で諸共沈むような話だが、この海賊船にはポセイドンがあった。

海神の加護、ポセイドンには最強防御の力がある。航海の絶対安全。船を保護し、岩礁に当たっても船体に穴が開くこともないという加護だ。それは、船同士がぶつかっても相手の船だけを破壊して突き刺さるという性能だった。……つまり口封じを兼ねて沈める予定の相手に対してであれば、とても効率が良い攻撃になる。

しかも突き刺さった後、海賊船が突き刺さっている間は、大穴を開けた相手も一旦はひとつの船として認識されるためにポセイドンの力で沈まない。そして略奪を終えて離れた瞬間に沈んでいく。そういう点でも効率のいい手であった。


「衝撃に備えなッ！――――今ッ！」

ゴインッ!!　船首が相手の横っ腹に突き刺さ――らなかった。普段であれば、木箱にハンマーを打ちつけるが如く、グシャリと突き刺さるハズの一撃だったのに。

「……っ!?　そ、総員、乗り込め!!　まだ殺すなよ!!」

「ま、待ってください、足場がっ！　すぐ出します！」

普段と違う感触。相手の船も無傷であり、ただ押し込まれただけに終わった。このため、突き刺さって距離が無くなったところを乗り込むはずが少し手間取る。渡船橋を引っ張り出し、渡るための足場にして、やっと相手の船に乗り込んでいく。

しかし、そこには人が居なかった。本来は、普段通りであれば、海賊相手に大慌てになっている船員がいて、混乱の最中を切り込んでいくのだが――そこには誰もいなかった。

人っ子1人いない甲板。

「なんだこれ。まるで、幽霊船……？」

「それにしちゃ、新しすぎる。さっきまで人がいたみたいに綺麗な船だぞ」

と、船室の中へと向かおうとするが、海賊達はここで異変が起きていることに気が付いた。

「お、おい！　コッチの扉開かねぇぞ！」

「窓も完全にしまってやがる。殴りつけてもビクともしねぇ！」

「は、はぁ？　なんだってんだ……？」

扉はあったが、手をかけてもビクともせず。窓があったが、こちらも同様。壁をぶち壊して入るか、と斧《おの》を振るうも、バインと弾かれた。

「こ、こりゃぁ……どうなってんだ!?」

「まさか、この船もポセイドンに守られてる、ってことか？」

「おいおいおい。だとしたら俺らが入れないのはおかしいだろ！　ポセイドンは俺達の、マリリン船長の味方なんだから！」

と、甲板に海賊達が一通り移ったところで、バタン、と扉が開く音がした。

その音のした扉に目を向けると、そこには黒髪の女が暢気《のんき》に片手を上げていた。

「やぁ。いらっしゃいマリンベル海賊団の諸君。私の船にようこそ」

あまりにも異様な落ち着きっぷり。さすがの海賊達も戸惑いを隠せずに距離を取って、腰に下げていた剣や銃──錬金術で作られた、爆発で金属の弾を飛ばす武器──を構える。

怪しい、怪しすぎる女。他には人の気配がまったくしない。自分達がマリンベル海賊団だというのは、海賊旗を見れば一目瞭然だろう。

「ねぇ。君達は先日エルフの女性が捕まった後、どこに売られたかは知らない？」

「は？　なんでそれを……」

「知るかよ。それより、降伏しな。この船は俺達マリンベル海賊団が制圧した」

と、銃を突きつけて脅す。実際は甲板に乗っただけに過ぎないのだが。

「おや。それは？」

「あん？　銃を知らねぇのか？　田舎者だな！　こいつは新型の弓矢だよ！」

と、バンッ！　と船の壁に向かって一発撃ってみせる海賊。威嚇射撃だ。銃の脅威を知らない人間も、これでコイツを敵に回したらマズイと知る。

「この通り、指1本でお前を穴だらけにできる武器だぜ。さぁ、大人しく降参しな」

「ほうほう、ほほう。そういうのあるんだ」

しかし女は興味深そうに銃を見るのみ。何の怯えも感じられない。壁に開いた穴が見えないのか、と壁を見るが、穴が開いていなかったので首をかしげる海賊。

「で、見たところフリントロック式の単発銃だな？　一発撃ったら弾を込め直さないと撃てないやつだ」

「あん？　銃を知ってんのか知らねぇのかハッキリしねぇ奴だな。確かにコイツは一度撃ったらすぐには撃てねぇ……でも、この銃は全員が持ってるんだぜ？」

そう言って女を半円に取り囲むようにして、銃を突きつける海賊達。

殺すな、とは命令されているが、実際急所を外せば小さい傷なのですぐ止血すれば簡単には死なないのが銃という武器だ。撃つのを躊躇う理由はあまりない。身体の中で弾が腐って死ぬことはあるが、その頃には殺していいタイミングだろう。

「ほら、服脱いで股ぁおっぴろげて命乞いしろよ。そしたら助けてやるよ？」

「ケツを突き出してもいいぜ？　おら！　脱げ脱げ！」

下品に笑う海賊達に、やれやれと肩をすくめる女。

「その腫れた頬《ほ》っぺた。マリリン船長にぶん殴られた跡でしょ？　そんな要望していいのかなぁ。船長がまた怒るよ？」

「う、うるせぇ！　ってか、なんでそれを……」

「いっいいから黙って俺らの言うこと聞きやがれよ！」

「船長は関係ねぇだろ船長は！……あいたたた……思い出したら痛くなってきた」

折檻を思い出し、海賊達は及び腰になった。

「ま、そんなことはどうでもいいんだよ。それより、この中で先日捕まったエルフの女について知ってる人は？　売った先に心当たりがある奴以外は黙っていいよ？」

女の質問に、海賊達は顔を見合わせる。

「……マリリン船長に没収されたエルフか？　なんでそんなことを聞くんだ？」

「捜索を頼まれててね。で、答えは？」

小首をかしげる女。

「知ってても誰が答えるかよ!!」

「やれやれ。じゃあ知ってる人が出てくるまで、お前らを片付けていくだけだね」

そう言って、女はおもむろに目の前の海賊の襟首を掴み、ブンッ！　と扉の中に向かって放り投げた。

細腕からは想像がつかない剛力。それは、マリリン船長を彷彿《ほうふつ》とさせた。

「ッ、こいつ、マリリン船長みたいな神に選ばれた者か!?」

「神に選ばれた？　んー、まぁ確かに、それはそうだけど……」

のんきにポリポリと頬を掻きながら答える女。

「ってかこの女――もしかして、ゴメス様と飲み比べしてた女じゃ？」

「え？　あ、ホントだ！　言われてみたらコイツだ！　なんでこんなとこに？」

「ひッ――あああっ!?」

逃げようとした1人が女に狙われ、捕まって、扉へと投げ入れられる。海賊のうちの何人かが、それを見て怯《ひる》んだ。

「あ、悪魔っ！　悪魔めぇ！　うぉらあああ!!――なっ!?」

「おんや、量産品のナマクラかなぁ？　ああ、さっきぶり？」

なぜか突然狂乱して剣で切りかかる者もいたが、指1本でその刃《やいば》を押さえ止められた。海の男が全力で振るった剣、それを指で軽く触れるだけで、だ。指の皮も切れない。海賊達は震えた。

「おい、こりゃ手加減してたらこっちがやられるぞ!?」

「わ、わ、うわぁああ!!　撃て、撃てッ！」

ババババンッ！　と女に向かって銃が容赦なく火を噴いた。しかし、やぶ蚊を払うように女は手をパッパッと払うだけ。弾が、顔にもぶつかったというのに！

「はいはい、命中精度の低い豆鉄砲だねぇ。でもまっすぐ飛ばないからむしろ厄介かもしれん。目に入ったらビックリする」

どうしてここまで平然としているんだ。そもそも、当たったはずの弾が消滅していて傷一つ残っていない。明らかに、異常すぎる存在だった。

ニィ、と口元を三日月のようにして笑う女。

「一体、なんだこれは？　俺達は、何を相手にしている!?」

「わ、分かんねぇっ！　ってか、扉に放り込まれた連中が誰も出てこないんだが!?」

「中に仲間がいて拘束されてるのか!?　くそ、一旦離れて囲め！」

扉から離れて、改めて囲う。女1人に、何人がやられたか分からない。


「でさー、エルフの情報なんかないの？　ねーねー、吐けよぉ」

「うわぁっ」

「足が滑っ、ふげっ」

気軽に散歩するように近づいてくる女。切りかかればすれ違いざまに足をひょいとかけられる気軽さで転がされていく。あんな細い足相手に、大の大人がまるで大樹の根に躓《つまず》いたかのように。そして、船の扉に吸い込まれるように蹴り飛ばされる。

「くそっ、眼前の敵を燃やし尽くせ、フレアカノン！」

「甘い。魔法の筒《マジックシリンダー》！」

海賊が必殺のつもりで放った魔法攻撃が、左手に吸い取られて、右手から放たれていく。着弾して爆発すれば、仲間が吹っ飛んだ。船に穴が開くかと思ったが、傷一つつかなかった。

「この船借り物だから乱暴な魔法はナシで頼みたいんだけど」

「ば、バケモンだぁ！」

「ひぃいい!!」

怯えて逃げるヤツが現れた。いや、最初から逃げたりしてたか。

「てめぇら、どけ！　俺が殺《や》るッ！」

と、そこにゴメスが血走った目でやってきた。それも、ゴーレムに搭乗《の》って。

操縦席《コックピット》のハッチを開けたまま女を見据え、べろりと唇を舐めるゴメス。それを見てひゅうと口笛を吹く女。

「ほぉん、やっぱりロボみたいでカッコいいじゃん」

「よくも船長にあることないこと吹き込んでくれたな……ッ！　おかげでこの顔だッ！」

「いや、私はあったことしか言ってねぇし。自業自得だろ、船医も殺して倉庫も燃やしたゴメス君？」

「だ、黙れッ!!　それ以上口を開くなぁあああ!!!」

本来であれば、重機のゴーレムが木造船の甲板を歩くだけでも船に穴が開くハズだったが、不思議な力で守られているのかゴーレムが飛び跳ねても甲板は無傷だった。

「絶対に逃がすな！　コイツから荷の在処《ありか》を吐かせる!!　魔法もジャンジャン使っていいぞ、船を沈める気でやれっ！　ポセイドンの力があれば沈まねぇ！」

「えー？　私のこと強盗だって言ったのはゴメスじゃん。だから親切で、望み通りに強盗してやっただけだってのになー」

「ふざけたこと抜かすんじゃねぇぇぇぇ!!!」

そのままゴーレムで女に掴みかかるが、身軽にするりと抜けられてしまう。


「というか、アレは元々ウチの依頼主の荷物じゃねぇの？　返せないねぇ」

「い、依頼主だと!?　テメェ、あの船のエルフ《エルフ》に依頼された回収冒険者か!!」

冒険者にたまにあるのだ。『賊に奪われた荷を取り返して欲しい』といった依頼が。大抵は金で解決する話なのだが、今回は荷の持ち主自身が高額商品で、しかも女性ということもあり、マリリン船長が一番にさっさと売り払ってしまっていた。

本来の持ち主を売り払ってしまったのだから、この女はあらかじめ「荷を奪われたら取り返して欲しい」と依頼されていたのだろうとゴメスは理解した。

「律儀に働きに来たってわけだ、ご苦労なこった……倍の報酬を払うぞ！　今寝返るなら許してやる！」

「え、やだよ。お前じゃ報酬払ってくれるという信用が無いし、そもそもお前からの報酬じゃあ価値がない。交渉に値しないね」

あっさりとゴメスの提案を蹴る女。

「ヘッ、だと思ったよ！　こんなトコまで律儀に回収に来るバカだもんなぁ……だが残念だったなぁ！　あのエルフは今頃領主のペットだ！」

「へぇ!!　いいことを聞いたよ、ありがとう。あとで助けに行くとしよう」

ぱちん、と笑顔で手を叩く女。

「馬鹿が、領主に盾突いたら無事で済むはずがないだろ！　ま、その前に俺らにブッ倒されるんだけどなァ！」

「そうかなぁ？　ま、いいや。かかってきなよ」

ゴメスには自信があった。それは、ポセイドンの加護に由来している。実は、海神の加護は『船の備品』であるゴーレムにも有効なのだ。

防御力をさらに上げるため、操縦席《コックピット》のハッチを閉める。視界が鏡越しになるため非常に見づらくなってしまうが、ゴメスは身の安全を優先した。ハッチを開けたままだと、ゴメス本人が狙われる可能性があったからだ。

「生け捕りにしてからゆっくり手足をもいでやるよ！　精々いい悲鳴を上げやがれッ！」

「あはは！　神を恐れず、私を生け捕りにできるもんならやってみな！　私は強いぞ！」

この女がどんな手品を使ったのかは分からない。身体強化の魔法だろうとは思うが……いくら優秀な魔法使いといえど、海神の加護があるゴーレムに敵《かな》うものか！　とゴメスはゴーレムに乗ったまま女に向かって突進した。金属製の拳を振り上げ、殴りつける。

しかし女はそれを余裕の顔で受け止めた。

「はぁあ!?　嘘だろオイ!?」

「とりゃぁー！」

気の抜けた声と同時に、ゴーレムが持ち上げられて振り回される。

「うご、げふっ!?　ゴ、ゴーレムの身体がどんだけ重いか知らねーのか!?」

「知ってても知らなくてもゴーレムの重さは変わらないでしょ。まぁ知らないけど……えいっ」

そう言って、遠巻きに見ていた海賊の一味達に向かって放り投げられる。

「う、うわぁああ!?」

「あぶねぇえ!!　潰されるッ」

上手いこと避けて、誰も潰されずに済む。

「チクショウッ、おえっぷ。なんだよコイツはッ!?　お、おい、お前ら！　魔法を浴びせかけろ！　銃もだ！　やれ、やれ！　手加減するなぁああ!!」

「え、あ、ウォーターボール！」

「バーストウォーター！」

「ブラインドミストぉ！」

水系の魔法が女に向かって飛んでいく。銃弾もバンッバンッと、当たる。当たっている。当たっているのに、女は平然としているのだ。まるで、神が女を守護しているかのよう。海神ポセイドンが船を保護するのに似ている感覚。

「ばっ、バケモンがよぉーーーー!!!」

ゴメスは、ゴーレムで掴みかかる。今後は避けられないよう、両腕を広げて抱き着くように――

「――ん、やっぱいいねそれ。迷惑料ってことで頂戴」

パチンと手を叩く女。直後、ゴメスの視界がパアッと開けた。突然ゴーレムが消え失《う》せたのだ。生身のゴメスが慣性の法則に従い前倒れに床に落ちる。

「あがっ！　べ、へぶっ！」

勢いに任せて2回ほどバウンドし、女の足元に転がるゴメス。足元で仰向《あおむ》けになったの

で白い下着が見えたが、それどころではない。

「……あ？　な、なにしやがった？　お、俺のゴーレムは!?」

「何って。強盗？」

くすっと口に手を当てて可愛らしく笑う女に、ゴメスはようやく恐怖を覚えた。だがそこに、救いの手が現れる。

「アンタ達！　メスガキ1人に良いようにされて、それでもマリンベル海賊団の団員かいッ!?　ここは、船長のアタシが出張るしかないみたいだねぇ！」

マリンベル海賊団が誇る無敵の女船長、マリリンが、痺れを切らして前線へとやってきたのだ。

#SideEND

商船を勝手にお借りして、海賊団に襲われることで敵を捕まえる。そして情報を聞き出す。私の考えたこの作戦は、概《おおむ》ね大成功した。しいて言えば、全体の半数を捕まえて収納空間に放り込んだところで出てきたゴメスが、なんか予想以上にアッサリ口を滑らせまくってくれたのは多少の想定外だったかな？

で、ゴメスの乗っていたゴーレムも奪ったところで、マリリン船長が海賊船から私の船へと乗り込んできたのである。カツカツと甲板にヒールの音を鳴らしながら、船長は私の前に立った。

「やぁ船長、さっきぶり」

「アンタ、さては持ってんでしょ？」

「持ってる？　何を？」

「トボケんじゃないよ。アタシと同じだろ？　神様の素敵な道具をさ」

言いながら腕を組むマリリン船長。胸がぽよんと持ち上げられて揺れた。

「……んん、神様の素敵な道具、ね。持ってると言えば持ってるね」

一瞬胸に目が吸い寄せられて話を聞き逃しかけたが、神器のことだ。実際私は多分神器を持っている。コッショリ君や、催眠身分証、あれも神様が作った道具なので、定義としてはそうなる。神様に納品したところでポイントはくれないだろうけども。

「――お前も海賊にならないか？　今なら幹部の席が空いてるわよ」

「あれ？　あの船に女は乗せないって話じゃ無かったの？」

「多少目を瞑ってやっていいくらいには、魅力的な戦力だって証明してくれたからね。それに、神器持ちならやぶさかじゃないってコトよ」

どうだい？　と腕を組んだまま私に問いかけるマリリン船長。

「ちょっとだけ魅力的な話だ。けど――」

「そうかい残念だッ！」

瞬間、腕を隠して余りある黒いコートの袖が私に向かって振り下ろされていた。私はとっさに後ろに飛んでそれを避ける。ズガンッ！　とやたら重い音が床に響いた。空間魔法で保護していなければ、きっと大穴が開いていただろう威力だ。こん棒でも隠し持っているのだろうか。


「まだ話してる途中じゃん？」

「即答できない時点でもう譲歩は切れたのよ。分かる？　船長の言うことは絶対、それがマリンベル海賊団の掟《おきて》だから」

でも返事を待とうとしたのは譲歩だった、と。なるほどねー。

「というか、その前に約束してた靴下頂戴よ。ほら、飲み比べの報酬で約束してたでしょ？」

「さて、なんのことかサッパリだね。アタシはゴメスが負けるところを見てないしなァ」

とぼけたように肩をすくめる船長。そうなると私としては、強引にマリリン船長のストッキング靴下を回収するしかないぞ？

「ねぇお嬢ちゃん？　冗談を言ってる場合じゃないって分かってないね。アンタ、神器があればアタシと互角――とでも思った？」

ニヤリと笑みを浮かべるマリリン船長。

「ん？　それはどういう意味？」

「アタシは――あの海賊船と合わせて、神器を2つ持ってるのよ」

「なん……だと？」

それは……

「それはつまり……1粒で2度美味しい、ってコト!?」

「何言ってんだお前。アタシの方が2倍強いってコトよ！」

と、得意げに宣言し、私に再度襲い掛かる船長。今度は薙《な》ぎ払うように横向きに袖を振り回してきたので受け止める。ズゴン!!　と人間らしからぬ重量級の衝撃だ。ゴーレムよりも重い。

「……ッ！」

「教えてあげる。あの海賊船、神器ポセイドン。その船長である私は、海の近くでは比類なき力を発揮することができるのよ。そしてもう一つ――」

にゅるり、とマリリン船長の袖の中。こん棒らしき硬い塊――否。船長の腕が巨大なイカの足に変化する。更に細分化し、私の身体にヌルヌルと絡みついてくる。

「これが私のもう一つの力、千変万化《シヨゴス》よ！」

「んんんっ!?　こ、これは……こういう場所じゃなかったらこれはこれで……ッ」

まるで何本もの鞭《むち》が巻きついてくるよう。しかしこれは鞭とは異なり、自在に動かすことができるようだ。

「さぁ捕まえた！　これでもうアンタは動けないでしょ？　ほら、ほぉら!!」

グルグル巻きにされたまま、持ち上げられてしまう私。そのままブンブンと振り回され、ガツンッ!!　ガツンッ!!　と頭を床に叩きつけられる。

「……ちょっと待ってよ！　折角の触手プレイなんだから、もっとエッチにしてくれてもいいんじゃない!?　色気がないよ色気が!!」

「こ、こんだけ叩きつけてるのに余裕じゃないの。その余裕がいつまでもつかしら？」

そりゃどれだけ叩きつけられても、空間魔法の防御力の前にはノーダメージだし、衝撃も完全に受け流している。多少目が回る程度だよ。

あまりにも無傷すぎるので、次第にマリリン船長の方が疲れてきてしまったようだ。

「……ど、どんだけ頑丈なのよッ!?」

「ごめんねぇ。物理攻撃無効なの」

「なら、これッ！　轟《とどろ》け、サンダーボルテックス!!」

バチバチバチ!!　と巻きついた触手が電撃を放ってくる。本来であれば、高圧電流で黒コゲになってしまう一撃だろう。が、当然私には通用しないのである。

「ごめんねぇ。魔法攻撃も無効なの」

「な、な、なん、だって!?　アタシの攻撃が、効かない……!?　じゃ、じゃあこうだよッ!!」

マリリン船長はそれでも諦めず、触手をぐんと伸ばして私を海に叩き込んだ。縛り上げたままで。

「ハッーーハッハッハ！　偉大なる海に溺れて死になッ!!」

「なるほど考えたね。窒息狙いか」

「その通り！　どんな強靭《きょうじん》でも人間なら息をするもんさ……って、なんでここに!?　あれ!?　アタシ握ってたよねぇ!?」

海に放り込まれたらマリリン船長のセリフが聞けないからね。転移して抜けてきちゃった。あ、握ってるのは空間魔法の抜け殻だよ。空蝉《うつせみ》の術、なんちって。

「さて、大人しく降参してくれるなら痛い目を見なくて済むよ？　ポセイドンと、ショゴスって神器。揃えて渡してもらおうかな？　それと靴下も」

ニコッと微笑みかける。と、マリリン船長は私から距離を取った。

「……やーーーだねッ！　お断りだよッ！」

そしてそのまま、後方にジャンプ。しかしその先は甲板の外。海賊船でもない。海であった。ちょ!?　飛び込み自殺!?

「ポセイドン！　緊急帰還だよッ！」

マリリン船長がそう叫ぶと、海賊船が光り、消えた。


「え?」

ガラン、ぼちゃん。と商船との間にかかっていた渡船橋が海に落ちる。

そして、商船に乗り込んでいた海賊達も残っていた。

「……せ、船長ーーーッ!?　俺らを置いてかないでくだせぇ!?」

「見捨てられた……!?　ま、マリリン船長!?　そんなぁあああ!?」

「あわわ、あわわわ、あわわわわ」

困惑に当惑に混乱。海賊達の反応は様々だが……まぁうん。

「よーしお前らー？　命が惜しかったら大人しくしてねー。うるさい奴は海に叩き落とすよー?」

私がそう言うと、ピタリと静まった。

「な、なんなんだよッ！　なんなんだよオメェはッ！　ま、マリリン船長に不敬だろうがよぉ!?　ちゃんとぶっ倒されろよぉ!!」

あ、訂正。ゴメスだけはなにやら騒いでいた。

「で、そのマリリン船長がしっぽ巻いて逃げ出したわけだけど？　その私に逆らうの？」

「あああぁ!?　そうだよ！　おい、おい、お前なんかっ！　お前なんかマリリン船長が本気を出せば、ひとたまりもねぇ……はずなんだよ……ッ!?　なに無傷で突っ立ってやがるんだッ!?　ああ!?　どういうことだ!?」

「えー、今ようやくそこ？」

「つーかお前が荷を返せば全部解決するんだ！　返せ、返せぇえええ!!!」

「いやマジでこの状況でそこまで言えるのすごいねー」

とりあえずゴメスについては宣言通り蹴り飛ばし、海に叩き込んでおいた。溺れて静かになったら引き揚げてやるとしよう。というか、またマリリン船長に逃げられた。靴下も神器も回収できなかったよ。あーあ。

＊　＊　＊

その後、商船を本来進んでいたであろう位置より結構進ませた場所に移動させてから、船員を全員元通りに配置し直した。

「――だお前、ら、は!?　ど、どこから現れたッ!?」

「あ。ゴメンゴメン。ちょっと船借りたよ」

　時間停止していたので、私を目撃したところからの再開である。それが後ろに捕まった海賊が増えていたら、そりゃ驚くよね。


　私は改めて自己紹介から行う。

「私は通りすがりの魔法使いだよ。そしてこちらは許可があるのにこの商船を襲おうとした海賊共です。捕縛ヨロ。ロープで縛り上げてといてもらえるかな？　今は私の魔法で黙らせてるだけだから、急いで」

「え、海賊!?　分かった、せ、船長！　船長ーーー!!」

　そこからドタドタと白い髭のオジさんがやってきた。この商船の船長らしい。急いできてくれたのだろう、息を切らしている。

「わ、わしがこの船の船長だ。ぜぇ、ぜぇ。あなたは何者だ？」

「通りすがりの魔法使い。そして、あ、やば。そろそろ拘束がとけちゃう……かも？」

「は？　え、分かった。いや分かりました。おい、皆でこいつらを縛り上げろ！　魔法使い様、もう少しこらえてくだされ！」

そこからすぐに、海賊達は拘束されていく。先に収納していた分も出しておいたので、これで無事この商船に入り込んだ海賊全員が捕縛された。

「あ、その。魔法使い様。それで、一体何が起きたのでしょうか?」

一通り捕縛し終えて、商船の船長が私に恭しく聞いてきた。

「さっき船員の人に軽く言ったけど、こいつら、荷物を仕入れないといけないとか、2、3日足止めしたら許可が切れるから襲うとか言ってたんだよ。ようするに、この船が不当に海賊のターゲットになってたわけ。だから懲らしめたのさ」

「なんと!? た、確かにこの船に下りている通商許可はあと2日有効で、十分港へ間に合う予定でしたが……足止めされては切れていたところでしょうな」

うんうん、と頷く船長。

「時に魔法使い様。あなたほどの使い手ともなればさぞ名のあるお方なのでしょう。お名前を伺ってもよろしいでしょうか?」

「ん? んー、それはよろしくないなぁ」

いくら行商人カリーナ・ショーニンちゃんにアリバイがあるとはいえ、こんなトンデモ魔法が使えるとなったらそのアリバイも余裕で崩れるだろう。面倒事の気配しかしない。

と、良い言い訳を思いついた。

「私は正体を隠している。この姿から私のことを調べようとしてもダメだよ？　この姿は丁度酒場で海賊に因縁つけられてた女の姿だ。海賊を釣るのに利用させてもらったのさ。……本当の姿については詮索しないでね？」

「なんと！　魔法使い様は変身魔法の使い手でもありましたか。それほどまでに素性を隠そうというのであれば、分かりました。お名前を伺うのは諦めましょう」

「ありがとう、助かるよ」

うんうん。我ながらナイスな言い訳だ。しかもこの姿が本当の姿じゃないとは言ってないんだから、嘘でもない。胸を張って話せるね！

「さすがに魔法使いが関わってるのは隠せないだろうから、変身魔法が使える魔法使いが捕縛したってとこは言ってもいいよ」

「安心しました。見るに、彼らはマリンベル海賊団。我々では太刀打ちできないことは明白ですからな」

あの充実した戦力を考えればそれもそうだろう。特にマリリン船長は私じゃなきゃ対処できないだろう。逃げられたし。

あっそうだ。ついでに船で助けたお姉さん3人をよろしく頼んでおこう。この船長は良い人そうだし、もし私のお願いを反故《ほご》にしたとなったらどうなるかを考える頭もありそうだから丁度いい。

「あの。ついでに3人ほど面倒を見ていただきたい女性が居るんですよ。海賊に捕まってたんで助けたんですが、身寄りとかそのあたり聞いて、いい具合に頼めます？」

「かしこまりました。恩義ある魔法使い様の頼みとあらば」

深々と頭を下げる船長。うむうむ、苦しゅうないぞ。これで少なくとも悪いようにはならないだろう。


私はお姉さん達をこの船に預け、ヴェーラルドの港へと帰還した。マリリン船長が戻ってくるかもしれないので、港に着くまではそっと商船を見守りつつ。


さて。どうやらディア君のお姉ちゃんは領主のところにいるらしい。

というわけで私は早速領主の館に殴り込み――に、行く前に、さすがに魔力を使いすぎてフラフラしてきたので一旦休むことにした。

どうやら私自身戦闘の興奮で感覚が麻痺《まひ》していたようで、拠点に戻ってきたところでドッと疲労が溢《あふ》れてきた。アイシアの膝枕で長椅子にごろんと横になりながら、ディア君に中間報告しておく。

「というわけでぇ、海賊のところにお姉ちゃんは居なかったよぅ。領主のとこにいるらしいから、一休みしたら乗り込んでくるぅ……」

あー、ぅー、とすっかり私はぐったりだ。あー、アイシアの膝枕とディア君の美少女っぷりで癒されなきゃやってらんねぇー。怠《だる》ぅい。


「そしてぇ、こちらが海賊からかっ剥いだゴーレムになります」

と、ゴメスの乗っていたゴーレムを引っ張り出す。神器もマリリン船長の靴下も逃がしてしまったので、こちらが唯一の勝利トロフィーだ。

「なかなかいいパンチしてたよコイツ」

「……お姉さん、ゴーレムと生身で戦ったんですか⁉」

「はっはー、私こう見えて強いからねぇー！」

アイシアに膝枕されつつ得意げに胸を張る私。あ、ごめんやっぱキツイ。もう少しぐったりさせて。ふぅ。

「カリーナお姉さんって、何者なんですか……？」

「あ、それ聞いちゃう？　うーん、まぁここまで見せちゃったわけだし、ディア君には本当のことを教えてあげよう。でも、ここだけの秘密だよ？」

「は、はいっ」

ごくり、と息をのむディア君。そしてアイシアも膝枕が緊張で少し硬くなっていた。

私はヨイショと、２人に向かって立つ。

「ある時は大魔法使い！　またある時は華麗なる強盗！　そして、その実態は――」

「その、実態は……!?」


「――新人冒険者商人、カリーナ・ショーニンちゃんなのだー！　わっはっはー！」


しゃきーん！　とポーズを決める。……おっとぉ、２人とも微妙な顔してるぞ？

「えっと。普通、正体の方がもっとすごいってヤツじゃないんですか？」

「そうですよあるじ様。期待を悪い意味で裏切ってます！」

私も薄々そんな気はしてたけどもさ。

「えーいやその、だってどれも本当の私だし。そもそも出会いが大魔法使いで海賊相手に強盗してたから、ディア君に言ってない正体ってそれしかないじゃん。ね？」

「……確かに、商人ってのは初めて聞きましたけど」

だって本当に本当なのだから仕方ないじゃないか。大魔法使いで強盗なところを抜いたら、あとはもう可愛いカリーナ・ショーニンちゃんしか残らないんだって。神様に靴下を納品する宿命を帯びているとか余計カッコ悪くて言えないじゃん。

あ、それと元男の異世界人ってのもあったか……わざわざお姉さんって呼ばせてて「元男です」ってのは『無し』だよな。黙っとこ。

でもなぁ、アイシアの言い分も分かるんだよ。この年頃の男の子なら、なんかこうカッコいい正体とか期待しちゃうよねぇ……仕方ねぇなぁ！　そんな期待にはお応えせねばなるまい！　可愛い子には甘いカリーナちゃんである！　事実を言い回しで誤魔化そう！

「そうそう。大魔法使いカリーナちゃんはね、実は世界を救う崇高な使命を帯びてるんだよ」

「えっ!?　世界を、ですか!?」

私がさも思い出したかのように言うと、ディア君が食いついた。よし、畳みかける！

「このままだと世界のエネルギーが枯渇して、この世界は滅亡してしまうの！　それを解消するため、神様に神器の回収を依頼されてるんだ!!　時には強引に奪わなければならないこともあるよ……!!」

「そ、そうだったんですか！　すごいですカリーナお姉さん！」

「そうです。あるじ様はすごいのですディア様」

目を輝かせて喜ぶディア君に、何か得意げなアイシア。

まぁ、神器より靴下納品しろって言われてるんだけどね。神器がオマケだよ。

「私の冒険はまだ始まったばかりで、あんまり語れる話はないんだけどね。そんなわけだから私の正体については秘密だよ。動きがとれなくなると困るんだ」

「えっと、つまり……商人としてのカリーナお姉さんと、大魔法使いなカリーナお姉さんが『世間的には別の人間である』という状態にしておきたいってことですか？」

「おっ！　頭いいねディア君！　ずばりその通りだよ！　天才！　可愛い！」

私の言いたいことを見事に言語化してくれたディア君を優しく撫でる。あーん、可愛くて賢い。最高かよこの美少女がよぉ。

「それなら、仮面を着けたりはしないんですか？」

「仮面——だと!?」

「……！　そういえば、あるじ様って正体を隠すって言うわりにはご尊顔が完全にオープンでしたね……」

盲点だった。正体を隠すとなったら定番だよね仮面！　よくマンガやアニメだと「そんな仮面で正体隠せるわけねーだろ！」っての多いけど……カメラやＳＮＳのないこの世界ならワンチャンいける気がする！

「……なら、こんな感じの仮面でどうかな！」

早速空間魔法で木を削って目元を隠すだけのシンプルな仮面を作ってみる。おおっと、休憩中なのに魔力を使っちゃった。まぁいいや、木材加工くらいは誤差誤差。

「おおっ！　カッコいいと思います、カリーナお姉さん！」

「シンプルで悪くないですね。あるじ様！　できれば木目むき出しではなく色を付けたいところですが」

「となると……赤とか？」

「赤い塗料なら海賊の事務所にあったはずです！　塗ってきます！」

と、アイシアは仮面を手にノリノリで建物に向かって走っていった。芸術関係に積極的になるのは吟遊詩人だからなのだろうか。

私は改めて長椅子に横になる。ディア君が所在なさげに立っていたので、ちょいちょいと手招きして頭を撫でてやった。

「休んだら次は領主んとこ行ってくるよ。……別にサボってるわけじゃないからね。ちょっと魔力使いすぎたから休憩して万全な状態で行かないとなだけだからね？」

「カリーナお姉さんがサボってるだなんて誰も思いませんよ」

と、苦笑するディア君。

「……むしろ、ボクの方が何もできない役立たずで……」

ワンピースのスカートを握りしめて悔しそうに呟《つぶや》く。確かに、女装させるだけさせてこの収納空間で待機だもんなぁ。見ず知らずのお姉さん（私）を信じて待つってのはちょっと辛《つら》いものがあるのだろう。

「……大丈夫！　ディア君はとっても私に貢献してるよ！」

「そう、ですか？　こんな格好してるだけ、ですよ？　何の役に立ってるんでしょうか」

「見た目は大事だよ。助ける相手が可愛いと、人は張り切っちゃうもんなのさ」

同じ状況の人を助けるにしても、相手が可愛い方が気合も入るってなもんだ。もしこれが逆に可愛くもなく、生意気で、感謝しないような相手だとこのカリーナちゃんは助ける気失せるぞ。私は聖人君子ではないんだからな。

「つまり、ディア君の一番の仕事は――より見た目を頑張ること！　私を萌《も》えさせろ！」

「萌え……？」

「可愛くおねだりして、私をやる気にさせるのがディア君の仕事ってコト。あとは自分で考えるよーに。ま、今のままで十分可愛いけどね」

私がそう言うと、ディア君はふむぅ、と考え込む。素直ないい子だ。いやぁ可愛い、目の保養になる。

っていうか実際に手を出すわけじゃないなら性別は関係ないよねぇ。観賞用美少女。すごくいいと思う。

……なんかあれだな！　ディア君には悪いけど、今日はもうディア君を肴《さかな》にガッツリ飲んでグッスリ休みたくなってきたかも！

ディア君はあくまで観賞用美少女で、本当は男の子。なら手を出そうにも出せないわけだし、ディア君の前でお酒を飲んでも大丈夫だよねっ！

「よし！　今日はお酒を飲んじゃうぞ！　あ、ディア君はダメだよ、まだ早いからね」

「……ボクだって、お酒くらい飲めますけど？　エルフの国では飲んでましたし」

「そうなの？」

子供に見えてもエルフだし、実年齢的には余裕で大丈夫なのかな。

と、私はゴメスとの飲み比べで入手したワインをほんの少しコップに注ぐ。

「じゃあ一口だけ飲んでみる？　それで大丈夫そうなら飲ませてあげる」

「はい、いただきます」

私からコップを受け取ると、そーっと口をつけて、んくっと一口飲み込んだ。

「……ぷは、どうですか。この通り、大丈夫れ……す……くかぁ……」

「おっとととと。やっぱ全然ダメじゃん。うーん、子供にワインは強すぎたかね」

手から零れ落ちるコップと倒れるディア君を受け止める私。心労的にとても疲れてたというのもありそうだ。

私は、コップに残ったワインをクイッと呷《あお》る。飲みすぎると記憶を失うからこの程度が丁度いいだろう。

……あ、急に眠気が回ってきた。うーん、私も疲れてたもんなぁ。少し休んだら、領主のとこ行かなきゃね……ふぁぁぁ。

……毛布。毛布で休まなきゃ。空間魔法で部屋からお取り寄せして……よし。ディア君もこのまま床とかに寝かせるわけにもいかないし、一緒にね。ひっく。すやぁ。

「ふぁぁ。あー、よく寝た。……今何時だろ？」

収納空間の外をちらりと見ると、朝になっていた。いい天気だ。絶好の領主襲撃日よりだな。……いや、襲撃なら雨降ってた方が良いか？

「お、お姉さん。おはようございます」

「んぁ？　天使……いやディア君か」

いかんいかん、うっかり天使を抱き枕にしてしまったらしい。……あ、毛布が追加で1枚掛けられてる。アイシアが掛けてくれたんだな。ふふふ。

「とりま、やっぱりディア君はお酒ダメだね。今度ジュース買っておくよ」

「うう、あんな風に言って一口だけですぐ寝てしまうだなんて……と、ところで、放してくれませんか、その、と、トイレに……トイレ、どちらでしょうか……っ」

「あ、うん。あそこの扉ね」

顔を赤くしてモジモジしているディア君を離すと、そそくさとトイレに向かっていく。

ちなみにトイレにはスカベンジャースライムの壺《つぼ》が置いてあって、ディア君は壺にいそいそと跨《また》ったのち、ワンピースの裾をたくしあげて下着に手をかけ——あ、扉が開きっぱなしなことに気が付いた。慌てて閉じた。

「……ふぅ、朝からいいもん見たぜ……！」

観賞用美少女のトイレシーン。なんかこう……目覚めちゃいそうだね！

あ。でもそういやウチのトイレのスカベンジャースライムって男女兼用のじゃなかったような。兼用の方は3倍高かったし、私とアイシアしか使わないからって女性専用のままにしてたような……いやしかし、ディア君の可愛さなら……あるいは!?

と、キィと扉が音を立てて開く。

「にひゃいっ、お、お姉さん助けてぇっ……」

壺の中のスカベンジャースライムが怒ってディア君のお尻をぺちぺち叩いていた。ちゃんと排泄物で汚れてる部分は内部に仕舞ってのぺちぺちなのでだいぶ優しい。

「あー。ごめんごめん。さすがにディア君がいくら可愛くてもスカベンジャースライムには通じなかったか」

海賊の事務所なら兼用の奴がいるかなぁ。少なくとも男用のが。そんなことを思いつつ、ディア君を空間魔法で救出。幸い、服におしっこが引っ掛かったりはしなかったようだ。


「おはようございます、あるじ様。昨晩はお楽しみでしたね」

「いやぁゴメンゴメン、お酒飲んだら眠くなっちゃって。毛布ありがとうね」

アイシアが私とディア君の分の朝ご飯をテーブルに並べてくれる。わーい朝から美味しそうなパンとクリームシチューだ。いっただっきまーす。

「あるじ様。こちらをどうぞ。自信作です」

「おおっ、仮面、完成したのか！　ありがとうアイシア！」

昨日作った仮面が綺麗な赤色に塗られていた。これで私も正体不明の仮面の人になれるぞ！　空間魔法で目元に仮面を固定してディア君に見せびらかす。

「どーよディア君。カッコいい？」

「はい！　とっても素敵だと思います！」

でもこの仮面ってのは普通はどうやって装着するんだろうね。ずっと手で押さえてるわけにもいかないだろうし……ゴム紐《ひも》でもつけんのかなぁ？　あるいは両面テープ？

「それと、こちらもどうぞ。海賊団による不正の証拠……と思われる書類です」

と、アイシアが書類をテーブルに置いた。

「おお、ありがとね！」

「こちら、ディア様がとても活躍してくださいました」

「はい。昨日渡しそびれていましたが、鍵のかかる引き出しや隠し金庫にあった書類です。使ってください」

金庫の中にあった書類はアイシアにはよく分からず、ディア君が見てくれたとのこと。書類の束を受け取り読んでみる。ふむふむ……私が見てもよく分からない。すごいなディア君、賢くね？

「ありがとう、これがあればきっとお姉ちゃんも助けられるよ！　うん！」

よく分からないけど、頑張ってくれた2人をねぎらってそう言っておく。……だ、大丈夫。偉い人にこれを突きつけて「お前らの悪事はまるっとお見通しだ！」とか言ったらきっと動揺して色々ゲロってくれる。きっと。

「んじゃ私は今日これから領主の館に潜入してお姉ちゃんを捜してくるよ。その間は海賊の事務所から使えそうなものを探しておいて。寝具とか日用品とか色々あるし」

この仮面に塗った塗料のように、他にも使えるものはあるはずだ。

「はい。分かりましたお姉さん」

「かしこまりました、あるじ様。ディア様と手分けして探しておきます」

「よろしく。特に寝具とか。重いなら私が動かすから、ディア君が使う分をよろしく。昨日みたくディア君を抱きしめて寝るわけにもいかないもんね。……てかごめんディア君、そのまま寝ちゃったけど……あー、く、臭くなかった？」

しかも使った毛布をよく考えたら、部屋で色々使い込んでいる、私のニオイがたっぷりしみ込んだヤツだった。ソラシドーレの教会で複製してからほとんど洗ったりなんかもしていない代物である。

「だ、大丈夫です。えと、その……良い匂い、でしたよ？」

こ、これは気を使われてる！　そんな風に目を逸らしつつ気まずそうに言われても説得力ないよぉ……！

＊　＊　＊

しっかり休んだので魔力は十分。美少女ディア君を抱きしめて寝たので気力も充実。

ディア君にもちゃんとした睡眠環境を与えたいね！　海賊の事務所にいい寝具があることを祈ろう。とてもいい寝具だったらコピーさせてもらうのもやぶさかではない。


「シエスター。領主んちどこにあるか教えてー」

「突然ですね御同輩。……あっちに見える城ですけど」

「城？　どれ？」

「あの城壁が見えませんか？」

「あー、あの砦《とりで》っぽいやつ。城なんだアレ。思ってたより四角かった。ありがと」

と、教会で情報をゲットしていよいよ領主んちに向かいますぜ！


神様の万能身分証《さいみん》を使って正面から行くのもいいけれど、今回は空からこっそり侵入だ。エルフのお姉ちゃんがどこに居るかを捜さなきゃならないので、そのたびに身分証使ってたら大変なことになりそうだもの。

「さてさて。エルフさんはどこかなーっと」

そそくさと領主の屋敷に転移で入り込み、光学迷彩をかけて屋内へ。お、メイドさんとかいる。メイド服借りて変装するのもいいかもなー。

情報収集開始だ。そっと使用人の会話を聞いていく。……今夜の晩ご飯の献立は焼き魚かぁ。おいしそー。新兵の訓練メニュー？　大変だねぇ。お酒の仕入れかー。今うちにはワインありますよ？　いかがー、なんつって。

と、そんな中。

「例のエルフの痕跡は？」

「すみません、目下捜索中ですが、未《いま》だ新たな情報はなく……」

おっ！　エルフの話！　兵士と隊長さんっぽい。もっと話して！

「やはり望みは薄いか……引き続き捜索を頼む。慎重にな」

「ハッ！」

って、会話終了して解散しちゃったよ。口数少なめでよく分からなかった。うーん、なんだろ。領主様もエルフさんを捜してる様子？　ディア君のお姉ちゃん脱走したのかな。

と、そうして領主様のおうちを探っていると、見覚えのある顔を発見した。

マリア婆さんじゃん！　オフロフレンズの！　なんでこんなところにいるの、っていうか、普通に綺麗な服着ててまるでお貴族様……いやまるでじゃなくてガチのお貴族様じゃね？　側仕《そばづか》えのオバちゃん達もオフロフレンズじゃん。

ひょっとしてマリア婆さん偉い人だった？　そんでオバちゃん達は侍女とかそういう

の？　銭湯へはお忍びに来てた感じですか。……やけに人を洗うの手慣れてたわけだ、本職じゃん。

……んんん、となるとなぁ。一緒にお風呂に入った感じ、悪い人じゃなさそうなんだよなぁ。エルフをペットにするとか考えにくいんだけど。もしこれで「やぁマリア婆。エルフってどう思う？」「エルフかい？　ペットに最適だね！」なんてことになったらドン引きだよ？　言わないと思うけど。

よし。ここはコッソリと正体を隠しつつ接触だな！

通りすがりの不審者として礼儀正しく挨拶し、警戒して遠巻きに見られている間に聞きたいことを聞いて、さっさと帰るスタイルで行こう。怪盗カリーナ！　いざまいる！

赤い仮面で顔を隠して……光学迷彩解除。

「失礼マダム。少々お時間よろしいか？」

「ん？……なんだい、アンタ、どうやってここまで入ってきた？」

「ちょっと魔法で。ああ、危害を加えるつもりは今のところないのでどうかご安心を」

ぺこり、と演劇のような礼をする。オバちゃん達がスッとマリア婆の前に立ち、身構える。おう、やる気だね。護衛としては正しい立ち位置だ。

「実は先日、エルフの男の子に海賊に捕らえられた姉を助けてほしいと依頼されまして。ちょっと海賊を問いただしたら、領主様のペットになっているとのこと。お返しいただければそれ以上はなにもせず帰りますので」

「エルフ……あー、あの子かい。それなら安心しな、今頃国元に向かって移送中さ」

「え、そうなんですか？」

「国際問題になるからね、見舞金もたっぷり持たせてある。さすがにエルフと戦争する気は無いよ……というか、海賊を壊滅させた魔法使いってアンタだったのかい、カリちゃん」

げぇー!?　バレてるぅ!?

そんなバカな、仮面で顔を隠しているのにどうしてッ！

「なっななな、なにをおっしゃるマリア様。私はそのような美少女ではないですぞ？」

「こちとら裸見てんだ、そんな仮面で顔隠しても分かるさ。前領主夫人舐めんじゃないよカリちゃん。せめてもっとしっかり顔を隠すこったね」

「くっ、それはその、えーっと。はい」

やれやれ、と肩をすくめるマリア婆。確かに私だってマリア婆さんだってすぐ分かったもんなぁ。ってか、前領主夫人だったのかよマリア婆。そりゃこの町で一番偉い人（領主）を育てたんなら、子育てのご利益もありそうだわ。

「……まぁ確信が持てたのはまさに今なんだけどね？」

「カマかけたの!?　ひどいよマリア婆！」

「まぁ正解だったんだからいいじゃないか。胸揉んだ仲だろ？」

ぐぬぬぅ。


「しかし、待っとくれ。その、エルフの男の子は……無事なのかい？」

「あ、うん。私が保護してる」

「そうか！　そうか、よかった。無事なのか！　ああ、ありがとう神様。あ、いや、カリちゃんありがとう！　これで首が繋がったよ！」

「え？　え？」

神に感謝を捧げたり、私に頭を下げたり。マリア婆は忙しそうだ。

「こっちはこっちでエルフの男の子を捜して保護してくれと頼まれてね。海賊達が仕入れた荷にその子が紛れてるってんで、荷を全部ウチで引き取る手はずだったのさ」

エルフの子供が入ってるなんて言ったら値を吊《つ》り上げられてしまうから、黙ってコッソリ買い込んでから助ける予定だった。なのに倉庫で火事があり、荷が全部燃え尽きたというではないか。

「あー」

つまり、ディア君も一緒に燃えてしまったのだと思われてしまったらしい。

「せめて男の子の亡骸《なきがら》が一部だけでも見つからないかと領兵を走らせまくってたら、商会事務所が忽然《こつぜん》と消えてるだとか、海賊共が不当に商船を襲おうとして通りすがりの魔法使いにシバキ上げられたとか。事情聴取を行ったがどうにも支離滅裂でねぇ」

「あ、はい」

「というか、その中には魔法使いが変身魔法の使い手で、カリちゃんの姿を借りてるだけだって話もあったんだが……なんで今はその言い訳を使わなかったんだい？」

「やっべ忘れてた」

一晩経ってコロリと忘れてたんだよぅ！　畜生！

「……分かった分かった、悪気はないんだろう？　じゃあ黙っといてやるから。代わりにもう少し話を聞かせておくれ。エルフの男の子は元気かい？」

「うん。元気元気。ピンピンしてるよ。今朝は一緒に朝ご飯食べたし」

「そりゃよかった。カリちゃんと一緒なら悪いようにはされてないだろう」

「……まあね！」

ええまぁ、女の子の格好をしてるくらいですね。

「あ、マリア婆。マリンベル海賊団だけど、なんか領主とズブズブで仲が良いから無罪、とかになったりしない？」

「ならないね。領主直属機関とはいえ、許可のある商船を襲ったのはやりすぎだ。全員鉱山送りになるだろう。……もしそうならなかったら、私が息子ごとケツを蹴り上げて鉱山にブチ込んでやるさ！」

　かっかっか、と豪快に笑うマリア婆。

「それと別の航路に割り込んでエルフの商船を襲ったのもマズかったねぇ。ったく、マリリンめ。昔世話してやった恩を忘れて暴走しやがって」

　パチン、と拳を反対側の手に当てて怒るマリア婆。本来の守備範囲を超えて稼ぎに出た分、非は全面的にヴェーラルドにあるらしい。

　というかマリリン船長とも知り合いなのか。さすが前領主夫人だ、顔が広い。

「でも、どうしてエルフを引き取ったって？」

「ん？　奴隷商は領主直属の公務員だよ。エルフなんて危険物が持ち込まれたら連絡がくるに決まってるじゃないか」

　危険物……ああ、国際問題になるとか言ってたもんな。

「まぁそれ言ったら海賊も領主直属なんだが、あいつらは最近制御利かなくてね。色々困ってたんだよ」

「あ、そうなの？」

「一度潰しとこうと思ってたんだ。カリちゃんを咎めたりはしないから安心しな」

「お、それはよかった。私もマリア婆と敵対したくはなかったからね」

お風呂友達だもんな。友情！


「カリちゃん。折角だから相談したいんだけど、カリちゃんならマリリンをどうにかとっ捕まえられるかい？　誘《おび》き出す算段はあるんだけど、ウチの兵力じゃ歯が立ちそうになくてね」

「ん？　あー、うん、できなくはないと思うよ」

また逃げられたらアレだけども。

「なら手伝ってくれたらありがたい。……もちろん報酬は出すよ。どうだい？」

ほう。

「じゃあ、そだね。私がポセイドンやらなんやらをぶっ壊しちゃっても文句は言わないってことでいいかな？　最終的にはマリリン船長を捕まえて引き渡せばいい？」

「ああ。構わないよ。……ああ、でも町に被害はあまり出さないで欲しいね」

よっしゃ言質取ったぜ。これで壊したフリして神器回収できるな！　ヨシ！

「でもどうやって誘き出すの？」

「ゴメスを公開処刑にするのさ。さすがに幹部の処刑ともなれば、姿をくらませたマリリンも顔を出さざるを得ないだろうよ」

わぁお過激な策だこと。この世界は人の命が軽い、とりわけ犯罪者の命はフワッフワよのぅ。スフレのパンケーキより軽いぜ。

「……だが、エルフの件を隠すとなると処刑するには名目が少し弱いかもしれないねぇ」

「あ。じゃあ情報提供。倉庫に火をつけた主犯はゴメスだよ。直属の部下を締め上げれば吐くんじゃないかな？」

「自分で放火したのか！　そいつは十分に重罪だ！　良いことを聞いたよカリちゃん。じゃあそういうことでいこうか」

と、流れでゴメスの公開処刑が決まった。

「あ。それとマリンベル商会の事務所？　あそこにあった書類を渡しておくね」

と、ディア君とアイシアが見つけてくれた書類を取り出し、マリア婆に渡す。

「……ほう。ほほう。いいね、これだけの証拠があれば、すぐにゴメスを処刑できるだろう。あともう数人は首を落とせるね。ハデにやれそうだ」

私にはよく分からない書類だったが、偉い人が見るとやっぱり違うのだろう。ついでにゴメスの部下も処刑されることになった。

うん、ちょっとごめんな？　私も今度こそマリリン船長の靴下を回収したいんだ。そしてこの世界は靴下が人命より重いフザケた価値観の神様が管理してるんだ。

イッツァ靴下《クレイジー》ワールド。ゴメス達よ、恨むなら神に祈りな。


「ま、ともあれディア君――エルフの男の子も、無事にお姉ちゃんと再会できそうだね」

「ああ、きっと喜ぶさ。すぐに鳥を飛ばして呼び戻させるよ。昨日のうちに来てくれりゃまだ居たんだけど。……姉が来たらそのディア君を返してくれるかい？」

「おっけ、じゃ、それまでは私の方で預かっとくね」

「助かったよ。コトがコトだけにあまり大事《おおごと》にはしたくなくてね」

やれやれ、と肩をすくめるマリア婆。

「マリア婆のおかげで丸く収まりそうでなによりだよ」

「それが領主一族の仕事さ。ま、カリちゃんの強盗、誘拐、それと不法侵入については不問にしてあげるさ……ウチの兵達じゃどうあがいても捕らえられそうにないし」

最後の呟きは本音っぽいなぁ。ま、私が最強だから仕方ないね。

「どーもありがとマリア婆。おっぱい揉む？」

「それはまた風呂場でね。今は私もこの子らも仕事中だし」

仕事中じゃあ仕方ない。また風呂場でだな。

#Side前領主夫人

「明後日《あさって》にはエルフっ娘が来るだろうから、またおいで。今度は正面から来なよ」

「うん、またねー」

手をヒラヒラさせて、『カリちゃん』が姿を消した。現れたとき同様、何の前触れもなく忽然と、だ。

「マリアンティーヌ様」

侍女が声をかけてくるが、私はそっと手でまだ気を抜くな、と夜会の時のサインで伝える。姿を消したが、姿が消えただけでまだそこにいるかもしれないし、ちょっと忘れ物と戻ってくるかもしれないのだ。

領主の城の中、音も無く、突然私達の目の前に現れた女。気配察知が得意な侍女でも直前に違和感を覚えた程度。実際に姿を現して、ようやく侵入者だと分かったのである。

それはすなわち『あちらは一方的にいつでも監視できる』ということだった。

彼女の話をする以上、下手に気を抜くことはできない。しばらくは夜会——貴夫人の戦場——と同等の厳戒態勢で過ごすべきだろう。少なくとも、エルフとの取引が終わるまでは。

侍女達にも、それは伝わったようだ。

「……まったく、寿命が縮むよ。突然現れるのは勘弁だね」

聞かれても問題ない範囲で要望を呟いておく。もし聞いていて改善してくれたら儲けものだ。

「マリアンティーヌ様、そんな、死なないでください！　とか言っといた方が良いですか？」

「ハッ、私ゃあと35年は生きるよ。安心おし」

「確か前に聞いた時は40年でしたから5年縮まってますね。なんということでしょう」

軽口を叩きながら移動する。さっさと各所への連絡を済ませなければ。幸か不幸かは分からないが、最重要な過失がひっくり返り、事態が急転したのは間違いないのだ。

私達はそのまま、兵達へエルフの捜索はもう必要ないこと、エルフを移送中の護衛部隊に戻るように伝えることを通達する。それを終えて、ようやく自分の部屋に戻り——あらためて、盗聴防止の魔道具を起動した。

「気休めかもしれないけど一旦これで話をするとしようかね」

「マリアンティーヌ様。あの者は、一体」

我慢していた侍女がたまらず聞く。侍女にとっては先日の公衆浴場で、笑いながら身体を隅々まで洗ってやった小娘だ。マリア婆ことマリアンティーヌが前領主夫人ということを知らない世間知らず――なのは、まぁ田舎者の平民なので仕方ないかと思っていたのだが、まさか、これほどの重要人物だとは思わなかった。

「ただの魔法使い――なわきゃないね。アンタ達も錬金王国が滅んだのは聞いただろう？曰く『一夜にして都が壊滅し、七日七晩かけて擂《す》り潰された』と。……そうはなりたくないもんだね」

「それは、つまり」

「マリリンは神器を持ってる。それも2つだ。なのに、あの子は圧倒したそうだよ」

これは商船に捕まった海賊達が吐いた情報だ。

「……詮索はしない方が良いだろう。カリちゃん、マリア婆、オバちゃん達。それでいいじゃないか。それで通す。いいね？」

「……大丈夫ですかね、それで？」

不安そうな侍女。しかし、これ以上ない関係である。

仮に、あの『カリちゃん』が錬金王国を滅ぼした存在なら——その者と気安く話せる友人の立場と、ただの前領主夫人という立場。どちらが上かなんて簡単な比較だ。

「大丈夫さ。私の見立てでは、あの子は基本的には善人だ。私らが悪意をもって接しない限りはあちらも危害を加えてはこないだろう」

「……領主直属の海賊達をほぼ壊滅させられたのでは？」

「あれはもう、やりすぎたから、処分する寸前だったんだ。手間が省けて助かったんだよ。そうだろう？」

「ああ。そうでございましたね」

あえて強調して念を押すと、ニコリと答える侍女。

エルフに手を出してしまった上に、許可のある船を襲おうとしたのだ。後者は常習犯である恐れがある。確実にやりすぎだった。そして証拠や証言も前々からあったのだが、マリンベル海賊団は、海上においては神器ポセイドンにより領主ですら手が出せない厄介な存在だった。

それが現状、その構成員の９割が捕縛状態にある。この機に完全に潰しておきたい。

「一番厄介なマリリンとポセイドンが残っていたわけだが……」

「ダメ元で頼んだら、軽く了承されましたね。しかも報酬は保留にされました」

「ああ。それな」

一応は、『報酬として色々壊してしまっても文句は言わないでくれ』とのことであったが、そんなもの強すぎる力を振るう際の必要経費でしかない。つまり、報酬は未だ保留されたままということだ。

こちらで察して、何かを用意しておけということだろうか。あるいは、貸しか。

「まったく、敵に回したくはない存在だね」

やれやれ、と肩をすくめるマリア婆。

「……ああそうだ。息子もうっかり勘違いしてるかもしれないね。ヘルザ、念のため息子に確認しといておやり」

「かしこまりました、マリアンティーヌ様」

そう言って侍女ヘルザを、領主をしている息子に忠告しに向かわせる。逆らうな、逆らったら滅ぼされる相手。相手はあの錬金王国をこの大陸から消した存在である可能性が高いのだと。交渉は誠実に。そして、一切の報復を考えず、なにも強制するなと。

「んじゃ捕らえているマリンベル海賊団の通信手に手紙を書かせるとしよう。……時にテレサ。あの子からエルフのニオイはしたかい？」

「はい。それもかなり濃厚に。また、恐らく閨《ねや》を共にしたのではないかと。先日徹底的に洗ってあげたにもかかわらずあの強烈なニオイ、間違いないですね。ただ、子種のニオイはしませんでした。子供と言っていましたし、精通がまだなのでしょう」

狼獣人《おおかみ》の血が入っている侍女テレサはとても鼻が利く。嗅覚のおかげで毒殺を免れたことも多くある、信頼に値する鼻だ。

「あー……そうきたか。やれやれ、その辺をあちらさんにどう説明したもんかね。まぁ子供ができる心配はないってことでまだマシかな？」

そのテレサが断言するのだから、そうなのだろう。もしこれでずっと洗ってない毛布に2人で包《くる》まって眠りこけただけ、とかだったら逆に驚きだ。


「ったく、これだから人生はやめられないね。あと50年は生きるよ私ゃ」

「おや奥様。延び直しましたか？」

「若者の元気を吸ったら寿命は超えるもんさ。あんたもあと20年すりゃそうなるから覚えときな」

まったく、厄介な存在と友達になっちまったもんだ。……友達でいるうちは、心強いことには変わりないんだろうけれど。と、マリア婆はぼやいた。

#SideEND

私カリーナちゃん！　偶然の出会いが運命だった、そんなことってありませんか？　私は先日お風呂で出会ったおばあ様が前領主夫人というお偉いさんでした！　おかげで多少の犯罪はもみ消してくれるそうです。やったね！

ついでにディア君のお姉ちゃんも呼んでくれるみたい！　あとはマリリン船長をどうにかすればまるっと解決よ！（尚ゴメスは処刑される模様。仕方ないね）

　というわけで、拠点に戻ってきた私は早速ディア君に報告する。

「ディア君、朗報！　お姉ちゃん、無事っぽいよ！　明後日には会えそう！」

「え、本当ですか!?」

「うん。私のオフロフレンズが、たまたま領主のお母さんだったんだよ。で、なんか保護されて国に帰るところだったんだって」

「……ああ、それはよかった。けど、姉様がボクを置いて、ですか？」

　安堵したけれど、眉間にしわを寄せて「むぅ」と言うディア君。おっと、これは拗《す》ねちやってるな？『自分が心配してたのに姉が自分を置いて帰っちゃうだなんて！』ってとこか。

「違うの！　お姉ちゃんに見捨てられたわけじゃないんだよディア君！　ディア君が居た倉庫、火事で全焼しちゃったんだよ。それでディア君も巻き込まれて死んだことになっちゃってたんだって。だからお姉ちゃんは悪くないの」

「ええ!?　倉庫が火事に……それは危なかったですね。お姉さんに助けられていなかったら死んでたわけですか。改めて、助けてくれてありがとうございます」

まぁ私がディア君ごと荷物盗まなかったらゴメスも倉庫に火をつけなかったたし、私が手を出さなかったら普通に保護されてたっぽいし、ちょっと余計なお世話しちゃったかもしれない。なんかゴメンね。

と、アイシアがお茶の入ったカップをコトリとテーブルに置いた。

「あるじ様。ディア様と海賊の事務所を探索したところ、ご要望の寝具の他にも色々と使えそうなものがありましたよ。姿見とか」

「へー、姿見っていうと鏡だよね。全身映る大きなやつ」

「はい。あれは錬金術で作られた高級品だと思います。私の顔、ちゃんと直ってて、あるじ様の御業《みわざ》に見惚《みと》れてしまいました……ぽっ」

「お、おう？　そっか。まぁちゃんと治したからね。うん」

うっとりと言うアイシア。吟遊詩人だし、容姿の手入れはしっかりしたいんだろうね。

容姿といえば私、自分の姿をあんまりしっかり見てないんだよな。神様に身体を貰った時に見た以来で。自分視点で見ると胸が邪魔で下よく見えなかったりするし。折角だし改めて自分の部屋にも置いて美少女な自分を堪能してても良いかもしれない……と、そこでふと美少女エルフが目に入った。

「あ。ディア君も今の自分の姿、見た？　見たよね？」

「えと……ええ。み、見ましたけど。それが何か？」

「超可愛いよね!?　ディア君も自分で自分をすごく可愛いって思わなかった!?」

「………の、ノーコメントで」

そう言って耳まで真っ赤になるディア君。思ったんだな、自分でも可愛いって！

「事務所のどのへんにあったのかな？……お、あった。えい、引き寄せ」

しゅぽんっと、姿見を手元に取り出す。硝子《ガラス》に銀メッキしたタイプの綺麗に映るヤツだ。

はー、私ってばやっぱり整った外見してるぅ。美少女だね！　あの神様が黒髪になって大人になったらこんな感じ、って顔と身体。こうして鏡で自分の思い通りに動いてるのを見ると、なんかこう、本当にこれが今の自分なんだなって実感する。

あれ？　もしかして私、わりと今のディア君と近い状態なのでは？？　心は男、姿が女で「これが……私？」してるあたりとか。ただ一つ違うとすれば、私はもう完全に女の子の身体で男には戻れないってことだ。

うーん。まぁいいか道連れだ。こうなったら、ディア君もオンナノコにしてやるっきゃないよねぇ？

「あのぉ、ボクはまだこの格好をしてないとダメなんでしょうか？」

「うん。すごく可愛いからその格好でお願い。アイシアも可愛いと思うよね？」

「はい！　すごく可愛いです。正直嫉妬します。素材が良すぎる」

「えぇと。ボク、男なんですけど……」

アイシアにも褒められてモジモジするディア君。

「フフフ、そんなディア君に、私の国の言葉を教えてあげよう――リピートアフターミー。女装は、男にしかできない最高に男らしい行為だよ！」

「じょ、女装は、男にしかできない最高に男らしい行為……!?」

我が国ジャパンの迷言に驚くディア君。

そう、君は今とても男らしい行為をしているのだよ！　誇れ！　でも羞恥心も感じて！

「……って、いや、騙されませんよ!?」

「だよねー」

ＴＳして女の子になるのは最高に男らしいって言うのと同じだもんね。私ならぶん殴るかもしれん。

「あー、それに、今ディア君に女の子の格好をしてもらっているのは……神様から頼まれた仕事に関わりがある重要なポイントなんだ」

「……！　ぼ、ボクが女の子の格好をすることに、一体どんな意味が？」

「それは言えない。けれど、ディア君が恥ずかしい思いをすることは、決して無駄じゃないんだと！　それだけを覚えておいて！　アイシアも協力してね！」

「かしこまりました。あるじ様の仰せのままにっ」

なにせ羞恥心が神様のご要望だからね！　このまま開き直らず恥ずかしがって！

それにしても、姿見かぁ。

あっそうだ。ここは羞恥心を煽るべく、そしてディア君により男の娘になってもらうべく、あることをやってもらおうかな。私は鏡をディア君の正面に固定し、ディア君の後ろに立って、両肩に手を置いて鏡に向かわせる。鏡にはとても可愛らしいエルフの少女が映っている。

「ディア君。この鏡に映る自分に向かって、可愛いって言ってみて！」

「な!?　なんでそんなことしなきゃなんないんですかっ！」

「お願い！」

「うっ、うう………か、可愛い……」

照れながらも要望通り言ってくれるディア君。まじかわ。

「ほら、しっかり自分の姿を見てもう一度。ディア君は可愛いって自信をもって！」

「か、可愛い……」

「そのまま続けて言って？　しっかり鏡の中のディア君の目を見ながら、ね」

「か、かわ、可愛い」

ディア君は顔を赤くしながら、自分に向かって可愛いと言う。

「フツーの女の子より遥《はる》かに可愛いよね、さすがエルフ？　いや、ディア君だからだ」

「可愛い……」

「私だけじゃないよ？　可愛いと思ってるの。アイシアも嫉妬しちゃう可愛さだ」

「可愛い……」

「見惚れちゃうね。そんな可愛い子が、ディア君なんだよ。分かる？」

「えと」

「可愛い、って言って」

「か、可愛い」

人は、口に出した言葉を「そうなのだ」と認識する、そういう性質がある。いわゆる言霊というものだ。つまり、鏡に向かって可愛いと言い続ければ、ディア君も心から自分を可愛いと思うようになる――


「って、これ洗脳の手法じゃないですかぁ!?」

「おっと。よく知ってたねディア君」

「むしろカリーナお姉さんが知ってた方が驚きですよっ！　どこかの諜報《ちょうほう》部隊にでも居たんですか!?」

うーん、失敗失敗。てへっ！　あー、でもマジでディア君可愛いわ。イケる気がしてきた……ん？　これディア君を褒めてるウチに私こそ言葉に影響されてる？　まぁいいか。実際可愛いし。将来男らしくなったらいやだけど、エルフなら若いままだったりするのではなかろうか。よく知らんけど私が寿命迎えるまで幼いままの可能性もあるな！

「さすがあるじ様、博識ですね」

「えへへ。でも女の子は自分のこと可愛いと思うと可愛くなるよね！　なんかこう、身《み》嗜《だしな》みの道具とかがあるといいんだけど」

「ぼ、ボクの身嗜み、ですか……？」

「こう、櫛とか化粧品？　どう思うアイシア。私そこらへんよく分かんない」

「あるじ様も素材でゴリ押しできる美少女ですからね。そういえばそのあたりの道具が拠点にはありませんでしたし、揃えておきましょう」

ここはアイシア任せになるなぁ。本物の女の子が1人いてくれて助かる。


「あるじ様。ディア様がお姉さんと再会できそうなわけですし、今日はお祝いに外に食べに行ったらどうでしょうか？」

「ん？　じゃあ3人で外食――」

「いえ。私は身嗜みの道具を揃えてくるので、ディア様とあるじ様でデートというのはどうでしょう？　私も自分で用意して食べておきますので」

「ほう……！」

デート。私とディア君でデートか。……美少女とデート。悪くない。

「いいね、採用。褒めてつかわす」

「ありがたき幸せ」

ぺこりと頷くアイシア。撫でておこう。よしよし。

「じゃあアイシアには買い物を頼むね。ディア君、私達は私達でご飯食べに行こっか。ちょうど海賊のお金もあるし、奢っちゃうよ！」

「あ、はい。……そのお金、勝手に使っちゃっていいんでしょうか？」

「……問題があったらあとで弁償するから大丈夫！　お祝いしようね！」

というわけで、アイシアにお使いを頼んで、私はディア君を連れて外に食べに行くことにした。

尚、ディア君はうっかり失念していたようだが、現在の服装はとても可愛いワンピースだ。私とアイシアはしっかり認識していたわけだけど、当然黙っておいた。


で、適当なレストランに入って、注文したパエリアに舌鼓を打って、デザートを楽しんで、お会計の段階でディア君は気付いた。自分の服装がワンピースであることに。

「……もうおムコに行けません……っ！」

「おヨメになら行けるね！」

「ボクは男ですっ！　男……なんですぅ……っ！」

でも誰も男の子だと気付かなかったし、むしろ「お嬢ちゃん達カワイイからサービスだ！」とデザートのフルーツ盛り合わせにココナッツジュースも貰ってたけどね。しかもディア君のが多かったし、「ありがとうございます、お兄さん！」ってお礼の笑顔には周りがみんなメロメロになっていたな！　私含む！

　そんなわけで顔の赤いディア君の手を引き道を歩く私。腹ごなしのお散歩だ。

「迂闊《うかつ》でした……なんかスースーすると思ってたんです」

　拠点は風吹いてないもんね。外に出るまであんまり違和感なかったかー。分かるー。

「ホント可愛いんだもん、ディア君。いや、ディアちゃん？　あーん、どっちで呼んでも良いから迷うー」

「ぐすん……」

「拗ねてるディア君も可愛いよ！　あ、パンツ見えそ」

「っ！」

　ばっとスカートを押さえて隠すディア君。

「ふふ、どうしたのー？　パンツ見られそうになって恥ずかしがるだなんて、女の子みたい」

「そ、そんなことないです！」

「じゃあ見せてー。ディアちゃんのパンツ見せてー？　ちゃんと女の子のなんだよね？」

　スカートをめくるように引っ張ると、ディア君は必死にスカートを押さえる。

「や、ひ、引っ張っちゃだめですっ！　カリーナお姉さんのえっち！」

「あははははっ、だってディア君が可愛いんだもん」

顔を真っ赤にして、ばっちりと羞恥心を感じている模様。これは、靴下に神様の好む羞恥心《スパイス》が蓄積されているな！　よし、さらに一押しだ。これも良質の靴下を納品するため
……すまんなディア君！

「ほぉら、みんなディア君のこと見てるよ？　ディア君が可愛いからだね」

「ううっ、それはボクが変な格好してるからで……」

「そんなわけないじゃん。今のディア君は、誰がどう見ても女の子――それも『とびっきり可愛い』女の子だよ？　あっちの人はディア君に見惚れてる。ナンパされちゃうかも。ほら、目が合ったとたん顔を赤くして逸らしたでしょ？」

「はぅ……」

効いてる効いてる。というか、ホント女の子にしか見えないからなぁ。開き直ったら完全に女の子だよねディア君。開き直れない恥ずかしがる姿がたまらないわけなんだが！

あー、これぞ男の娘！　私の雌の部分がキュンキュンしちゃうねぇ！

「ふふふ。にしてもこんな可愛い子とデートできるなんて幸せだなー」

「で、デートって。それならボクがカリーナお姉さんをエスコートしますからっ」

「えー？　でもディア君今一文無しじゃん。お財布私が持ってるし。……でも大丈夫、今のディア君はただの可愛い女の子。お姉さんに任せなさいっ」

ふふんっと胸を叩くと、たわんと揺れた。お、ディア君の目線がおっぱいに。……うんうん、男の子ですねぇ！　ふふふ！

と、そこに寄ってくる男が1人。

「ねぇ、良かったらお茶しない？　少し話したいなぁって」

「ん？　ディアちゃん、見て見てナンパだよ！　ディアちゃん狙いだよ！」

「え、いや、俺はお姉さんの方が好みかなぁって」

そういうナンパ男の目線は私のおっぱいに注がれていた。あー、そういや私もそれなりに美少女だったわ。ディア君の前だと霞《かす》むけど。

と、ここでディア君が私とナンパ男の間に割り込む。

「だ、だめですっ！　お姉さんは、今、ボクとデートしてるんですっ！」

そう言って私を守るようにナンパ男を睨む。でも可愛い。ただの上目遣いになってる。

「ぐふっ……おいナンパ男。超可愛いと思わんかこの子」

「え？　あ、うん。そうだね、すごく可愛いお嬢さんだ」

うむ。見込みがある男じゃないか。

「今日のところはこの子とデート中だからダメだけど、また会ったときに声を掛けてくればお茶の相手くらいしてあげよう。暇だったらだけど」

「おっ、約束だよ。じゃあまたね！」

そう言ってナンパ男は笑顔で手を振り、次のターゲットに声を掛けに行った。うーん、積極的な男だ。前世の私にはなかったスタイル。前世の私もああいう積極性があれば……いやよそう。今は今だ。

「ね。今の人、ディア君のこと、すごく可愛いお嬢さん、だって！」

「……ダメですよ？　ああいう男の人についていっては。その、カリーナお姉さんは、か、可愛いんですからっ！」

「えー？　そこ？　ディア君の方が可愛いよー」

あと私はどちらかと言えば美人系じゃないかな。大人の女よ？


と、ディア君を見せびらかすように町を練り歩いていると、いつの間にか公衆浴場の近くに来ていることに気が付いた。

「そうだ。ディア君のお姉ちゃんに会う前に、身体を綺麗にしておこうか」

「はい、となるとしっかり洗浄魔法を使わないとですね」

「あ、ごめん。洗浄は禁止なんだ。神様がそう言ってた。特に靴下は穿きまわすように」

「……そうなんですか？」

うんうん、その靴下はギリギリまでディア君に温めてもらって、その上で回収させてもらうからね！

「というわけで公衆浴場だ！　さぁ、入ろうか、お風呂に！」

　そのまま手を引いていこうとしたら、ぐっとディア君の抵抗が。

「……あの、ボクこんな格好なんですけど」

「じゃあ女湯においでよ。私は構わないよ？」

「ボクが構いますし、さすがに男だって分かりますよ!!」

　そうかなぁ。股間だけ隠せば案外行けそうだけど……そしてバレたところで保護者に連れてこられた子供で通りそうだけど。小さくっても紳士なんだねぇ。そんな小さな紳士が女の子の格好してるとかたまらんね。

「じゃ、仕方ないからディア君は男湯に行っといで」

「……じゃあ、一旦戻って着替えてから」

「お風呂入るのに服を全部脱いじゃえば同じだし、着替えに戻るのも面倒でしょ？」

　空間魔法を使えば一瞬で着替えられるのは言わないでおく。

「うー。分かりました。ええ、脱いでしまえば同じですからね」

「うん。じゃ、私は女湯入るから、出たら合流しようね」

　今度こそディア君の手を引いて、相変わらず銭湯のような公衆浴場へ入る。

入ってすぐ、爺さんか婆さんか、目が開いてんのか閉じてんのかも分かんねぇ番頭さんに2人分の入浴料と石鹸代を払う。手ぬぐいは私の分はあるのでディア君の分だけ購入。

「んじゃまた後でねー」

「はい。また後で」

私は女湯、ディア君は男湯へ。あっ、オバちゃんどーも先日ぶりー。ねぇマリア婆の正体知ってた？　知ってたの？　もー、言ってよー。たまたま会ってビックリしたよぉ。え？　なんか先日より肌艶がいいって？　うーん、男の娘からしか摂取できない栄養素をたっぷり補給したからかなぁ。オホホ。

ふぅ。美少女の1人でも入ってこねぇかなー……かぽーん。

「痴女だぁあああーーーーー！」「いや美少女エルフだぁーーーーー！」

「ぼ、ボクは男ですからぁーーー!?」

尚、男湯の方からはそんな叫び声が聞こえたり聞こえなかったりした。

銭湯ですっかり綺麗になった私とディア君。拠点に帰ると、アイシアが先に帰っていた。

「アイシア、ただいまー」

「た、ただいま戻りました」

「お帰りなさいませ、あるじ様。ディア様。……あ、公衆浴場に行ってきたのですね」

くんくん、と私とディア君のニオイを嗅ぎ「良い匂いです」と微笑むアイシア。……そういやアイシアをお風呂に入れられてないな。今度拠点にお風呂作らなきゃ。

でも女の子の体臭嫌いじゃないというか、むしろ好きというか。多分神様が私の身体をそういう風に作ったからだと思うけど。臭いのを嗅ぐとムラムラしてくる。


「そういえばあるじ様、ディア様の部屋はどうしましょう？」

「ディア君の部屋、か」

現状ディア君の寝起きする場所がない。昨日は私が抱きしめたままリビングで寝ちゃったからなぁ。

「よし、とりあえず部屋を作ろう。作った。はいこの扉だよ。どこに置こうか？」

「え？」

ディア君に扉を見せる。開けるとそこには私の部屋と同じくらいの空間がある。

「ちなみにそこが私の部屋。向かいがアイシアの部屋だよ。どうする？」

「え、えっと。じゃあ、お姉さんの隣で。お姉さんの隣、安心するので……」

くっ、可愛いことを言ってくれるじゃないか！

私はディア君の部屋の扉を私の部屋の隣に置いた。

「ベッドとかは一旦海賊のを頂戴するとして……えいっ」

海賊の事務所にあったベッドをディア君の部屋に転移させる。……うん、くっせぇ。さっき臭いのが好きとか言ったけど訂正するわ。女の子の体臭限定だわ。

「あるじ様。このシーツ、謎のシミがいっぱいありますね」

「……一旦しっかり綺麗にしないと使い物にならないねコレ」

拠点に水場も作りたくなった。風呂とは別で。

「あの。ありがとうございます。……これ、どうなってるんですか?」

「私の魔法だよ。すごい?」

「はい！　とってもすごいです！」

ふふふん。いいぞディア君。美少女の誉め言葉は私を有頂天にさせる。そうだな、もっとすごいトコを見せちゃる……てい！　リビングの隣に海を作成だぁ!!

「あるじ様??　これは一体……」

「え、海だけど?」

ちょっと外に行って海を一部切り取って収納したのだ。収納空間に海ができた。そんだけだ。切り抜いたところは一時的に波がすごいことになったけど、船を巻き込んではいなかったので大丈夫だろう。

「それは見れば分かりますけど……いえ！　きっと深い意図が！」

「すごいですお姉さん！　でも、なんで海を？」

すまない２人とも。特に何も考えてなかったんだ。ただ拠点に海ができたら驚くかなって、それだけで。

「……海でベッドを洗うとか？」

「海水で洗ったらベタベタになりますよ？」

「きっと海水で洗うことで消毒とかされるんですよ、ディア様！」

まぁその……空間魔法で海水から水分だけを分離して真水にしたり、とか？　塩作って塩素作って消毒、とか？　うん。フツーに塩売って新しいベッド買う方が楽かもしれねぇ……あ、塩は取り扱いに免許いるんだっけ。

「とりあえず洗ってみますね、ディア様！」

「あ、はい。ありがとうございます、よろしくお願いします」

「……と、とりあえずベタついたら私の方でどうにかするから！」

その後、やっぱりベタついたりもしたけれど、空間魔法と生活魔法の洗浄でなんとか綺麗になった。

そして新品同様になった寝具でしっかり休んでもらった翌日。約束は明日で1日時間が空いたため、私は暇潰しに錬金術、魔道具作成に手を出してみることにした。

「あれ、お姉さんそれ何の本ですか？」

「これ？　錬金術の教本」

私がリビングでのんびり本を読んでいるとディア君が話しかけてきた。ローションを仕入れた魔道具店で買ったヤツである。ちなみに発行は錬金王国だ。うーん、将来プレミア付きそう。

「ディア君も読んでみる？」

「あ、はい。是非」

ディア君に教本を渡して一緒に読む。教本には魔法陣が載っていた。動くものとか現象を起こすものとか。対象に刻んで、魔石を溶かしたインクを流し込めばできるらしい。

「ちなみに私は錬金術で、あるものを作ろうと思っててね！」

「あるもの？」

マッサージ器具である。普通に震える球を棒の先に取り付け、スイッチを棒の方に拵《こしら》えれば完成となる。ただ、魔法陣を描くための特殊な魔石インクというものが必要らしい。

「実際に作るなら魔石インクを買ってこないとなぁ……」

「あ、魔石インクの作り方載ってますね。インクと魔石があれば作れるみたいですよ。確かインクは海賊の拠点にありました。魔石もゴーレム用のがありそうですね」

「お！　お手柄だよディア君！　可愛い上に有能！」

魔石はゴブリンとかを退治したときに手に入れたのがあるし、そっちでもいいだろう。

頭を優しくなでなでしてあげる。さらさらの銀髪がすごく触り心地よいな……髪質まで美少女かよ。すっげぇな。


物があると分かっているなら、空間魔法で手元にお取り寄せだ。インクと、倉庫の魔石を持ってくる。

……ただ、魔石はともかくインクはある意味不当に手に入れた物。こういう物品やお金は、商人カリーナちゃんの方で取り扱わない方向でいこう。商人の私と大魔法使いの私で別存在としておくために、当然の縛りプレイってやつだ。……ただし自分で魔道具に加工するなどのワンクッションを挟めば個人取引レベルでは扱って良いものとしておく！


と、それはそれとして魔石インクの作り方だ。

「えーっと？　魔石を粉末になるまで砕いて擂り潰し、インクに少しずつ混ぜればいいのか。……配分はインク壺1に対して、魔石が小指の爪くらい。こうかなー」

空間魔法でゴブリンの魔石を破砕したのち、粉をインク内に均一になるよう上書き移動。

……完成！　ちゃんと色が青っぽくなってる。成功だな。

「魔石インク作るのって1日がかりらしいんですが……できてますね」

「ほほほ、私にかかればこんなもんよ」

このくらいの空間魔法の操作はチュートリアルで履修済みなのさ。

で、次は振動の魔法陣を試してみよう。

中々に細かくて面倒くさい。えっと？　ここの線を長くすると振動が大きくなり、こっちの円を大きくすると速くなるのか。ふむふむ。お、店主さんのメモ書き。細かすぎる魔法陣は彫るのが大変だしインクを流し込むのに失敗することが多い、と。なるほど。


……なら最初から木材に魔石インクを上書きコピーで印刷だ！　秘技、空間魔法インクジェットプリンター（魔法陣を脳内で微調整済み）！　ついでに瞬間乾燥！

よし、魔法陣完成！

「今、手で撫でたら一瞬で魔法陣が現れましたね!?」

「ほほほ、私にかかればこんなもんよ」

手足を複製して毛細血管や神経繋げるよりずっと簡単だもんね。そんで、あとは適当なサイズの魔石を動力源のところにぐりっと埋め込めば……震えた！

「おおおお、動いた！　動いたよディア君！」

「魔道具がこんな簡単に作れるなんて知りませんでした」

「ほほほ、そこはまぁ私の魔法あっての話だけどね。あ、これスイッチ作ってないから魔石外すまで動きっぱなしになるのか。ふむふむ」

えーっと、さらには魔鉄線という銅線みたいなものを使うと魔法陣同士をパーツ単位で作って繋げたり、スイッチにすることができる、と。さすがにその魔鉄線は海賊の事務所にはなさそうだ。

にしてもわりと電子工作っぽいの楽しいぞコレ。

「カリーナお姉さんの作りたい、あるものっていうのは、これなんですね」

「これがベースで、あとは形を整えてスイッチ付けるの。……あ、そういえば魔道具店で買ったヤツにスイッチあるしそれ流用するか」

今回の試作品は売る予定もないからコピーしても全然ＯＫ！　ということで、空間魔法で形を整えつつ、スイッチ部分と魔鉄線を既存の魔道具から空間魔法でコピーして埋め込み……てててーん！　木製マッサージ器の完成だぁ！

電動マッサージ器具ならぬ魔道マッサージ器具。略したら魔マ……言いにくいからデンマって名前でいいや。

「完成ー！　名付けてデンマだよ！　デンマ！」

「今すごい感じに木が丸まったり削れたりしたんですけど……今のも魔法ですか」

「そうだよ、すごいっしょ」

空間魔法万能説にまた一つ新たなページが加わったな。錬金術も空間魔法でイケる。

「ちなみにこれはマッサージ器具であり、これっぽっちもエッチな道具じゃないんだよ」

「？」

首をかしげるディア君。とても健全なアイテムだからね、想定外の使い方は自己責任なんだ。あくまで、そういうことでヨロシク。

「早速試運転……ぁぁぁー、肩にきくぅー」

「へー、そうやって使うんですか」

「ぁぁぁ、良い感じぃぃぃぃ」

おっぱいの重量で肩こりしてた感じあるもんなぁ。空間魔法で持ち上げて軽減はしてるけど。普通に良いぞー、これー。

「ふぃー。……売れると思うんだよねぇ、デンマ。どうだろ？」

「見ていたかぎりでは、構造がとても単純なのですぐ真似されてしまうと思いますね。あるいは、もう作ってる人が居るかも」

「ゴーレムなんてあるくらいだもんね。こんな簡単な工作、もうあるかも」

あ、そうだ。ゴーレムの方はどういう感じなんだろう。あれも魔道具なんだよね？

そう思って、ゴメスから手に入れた戦闘用ゴーレムを空間魔法でスキャンしてみる……

……うん。まぁ当然っちゃ当然だけど、ゴーレムを最新電動自動車だとすれば、デンマは豆電球を電池に繋げたようなもんだったね!!

魔道具の高みは果てしないな……でもすごく頑張ればなんとなく読めそう。これって魔道具作成スキル覚えちゃった感じかなー？　いやぁ天才だな私。神様のおかげだけど。

「ディア君もなんか作ってみる？　といっても道具がないから、羊皮紙に魔法陣描いてくれたらそれを私が木に描き付ける感じになるけど」

「やってみたいです！」

「よっしゃ。羊皮紙とインクとペンは海賊の事務所にあるから使い放題だ」

遊ぶために消費するだけだから、複製しちゃっていいよね！　しっかり休んだから魔力もばっちりだし！

そんなこんなで、私達は時間が経つのも忘れて魔道具作りに没頭した。

途中で「工作部屋を作るべきでは？（意訳：リビングを散らかすな）」とアイシアに叱ら

れたのはご愛嬌《あいきょう》。木を削ったりしたし、確かにそうすべきだったね。ごめんごめん。

＊＊＊

アイシアに軽食を用意してもらいつつ、工作部屋に籠って魔道具作りにのめり込む私とディア君。

「カリーナお姉さん、次これ、次これお願いします！」

「おおっ、なんだこれ。こんな魔法陣教本にあった？」

「複数の魔法陣を組み合わせてアレンジしてみました。これで、魔法陣の上を光がくるくる回ると思うんです！」

「すげー！　ディア君天才！　早速出力だ！……あれ、動かない」

「あっ！　すみません、ここ線が繋がっちゃってました……失敗だぁ」

「じゃあそこだけ修正するね。ちょいちょいっと……動いた！　光がくるくる回ってるよ！」

「やったぁ！」

実験の成功にがしっと抱き合う私達。その直後に「あっ、す、すみませんお姉さんっい」と照れて赤くなり離れるディア君。良いんだよ！　ディア君可愛いからね！

「でも、光って回るだけじゃ何の役にも立ちませんけどね」

「いやいや。上手く使えば時計とかも作れるんじゃない？　回転する速度を調整してさ」

「なるほど。ただ、時計にするなら魔石代がネックで……」

と、熱中して談義しているところにアイシアがやってきた。

「失礼します。あるじ様、ディア様。少々よろしいですか？」

「ん？　どうしたのアイシア」

「その……お時間大丈夫ですか？　もうお昼だと思いますが」

お昼がどうしたのだろう。

「あ、そうか。お昼ご飯の時間か。いやぁすっかり徹夜しちゃってたなぁ」

「いえ、そうではなくて。本日お出かけの予定でしたよね？　いつ出るのでしょうか？」

と、ここでディア君が「あっ！」と声を上げる。

「お、お姉さん！　そういえば姉様と会うのって今日でしたよね、時間は大丈夫ですか!?」

「……ああっ!?　や、やばい、すっかり忘れてたぁ!?」

ハッとして収納空間の外を見れば、外はお昼過ぎ頃だった。

時間忘れて没頭しすぎたぁーーーー!!　ディア君をお姉ちゃんになるべく早く会わせてあげようと思ってたのにもう昼になってますがな!!

ええっと、特に何時に行くとか約束はしてなかったし、大丈夫、大丈夫だよね？　あわわわ。

「通常こういう待ち合わせは偉い人に合わせるので、あるじ様なら大丈夫だと思います」

「こっち一般人であっち前領主夫人だから、あっちに合わせないとだよ!?」

「？　あちらが人間で、こちらがあるじ様ですよね？」

アイシアは私を神様か何かだと思ってるよねぇ!?

「い、急ぐよディア君！　多分もうディア君のお姉さん着いてると思う！」

「はい、って、お姉さん顔にインクついてますよ！」

「ディア君も手や顔にインクついてるっ！　えーい、まとめてインク除去魔法発動!!」

一晩中インクを出したり消したりしてて、インクのみを対象に消せるようになったのだ！　わははー！　お顔キレイ！

「よし！　アイシア、いってきます！　じゃあ行くよディア君！」

「はい！」

ディア君は私の差し出した手を取った。


光学迷彩と併用しつつ、ぱしゅん、と領主のお城の前に出る。マリア婆に次は正面から来るように言われてるの、ちゃんと覚えてたよ私！

「すみませーん！　マリア婆――じゃなかった、前領主夫人様と約束してた者です！」

「ん？　なんだお前――あ！　も、申し訳ありません、話は伺っております。すぐ案内の者が来ますので！」

「はーい」

……ふぅー、どうやら間に合ったし、マリア婆もちゃんと門番に話を通してくれていたようだ。

「危うく姉様のことをほったらかしにするところでしたね……」

「いやぁ、楽しかったからついつい夢中になっちゃったよねー」

あはは、と笑いあう私とディア君。ほったらかしにされかけたディア君のお姉ちゃんからしたら堪《たま》ったもんじゃないだろうけど、まぁ許して。っていうかアイシアが言ってくれなきゃうっかり夜になってたかもな……ありがとうアイシア！

「ところでまだ試したいアイディアがあって――」

「お。じゃあ私もゴーレムの解析で見つけた魔法陣をだねぇ――」

と、話し込んでいると、案内にオフロフレンズのオバちゃんがやってきた。

「カリちゃん！　来ないんじゃないかと思ってヒヤヒヤしたよ！」

「あはは、ごめーんオバちゃん。ちょっと遊んでたら徹夜しちゃって、ついさっき気が付いて急いできたんだよぅ。さ、急いでお姉さんのところ行こうか！」

「……まったく程々にしなよ。ん？　その子もエルフかい。……まぁカリちゃんの連れなら拒む理由もないね。さ、こっちだよ」

と、オバちゃんが案内してくれる。って、あれ？　今回のメインはこのディア君なのでは……と思って、ディア君を改めて見ると、そういえばまだワンピース姿だった。これ、ディア君って気付かれてないし、ディア君も自分がワンピースなの忘れてるな？

私が考えてた予定では、ここに来る直前までディア君に靴下温めてもらって、それを強引に脱がすことで恥ずかしがらせつつ回収する予定だったんだけども……

……面白いから黙っとこーっと!!（徹夜明け）

「いやはや、それにしてもマリア婆が前領主夫人だったなんて。この巡り合わせは神様に感謝ですねー」

「まったくだよ。私らもカリちゃんがそんなすごい魔法使い様だなんて知らなんだ。どこで修行したんだい？」

「うーん、あっちの方？」

雑談しながら向かう先は前領主夫人、マリア婆の住む離れ。おととい潜入した所だ。歩くと広いなぁ。前は転移してたから意識してなかったけど。


かれこれ10分くらい歩いて、応接室へとやってきた。

「さて、着いたよ。じゃ、ここからはオバちゃん仕事モードだ」

「はーい。あ、私もかしこまった方がいい？」

「カリちゃんはそのままでいいよ。ここの主《あるじ》であるマリア婆のお友達で、大事なお客様だからね。――失礼しますマリアンティーヌ様。お客様をお連れしました」

仕事モードのオバちゃん、綺麗な声だなぁ。あれだ、電話に出た時のお母さんって感じ。

そんな風に思っていると、扉が開く。


中には、銀髪のエルフさんがいた。ディア君が女の子として成長したらこうなりますという見本のような、麗しのエルフさんだった。

ディア君が最初に着ていたような緑色の服。どう見ても奴隷のようには見えない。ちゃんと普通の扱いをされていたらしい。

それを見たディア君が、きゅっと私の手を握り、それからそっと離れていった。一歩前に出て、キリッとした表情をお姉さんに向ける。そして胸に手を当て、軽く会釈した。

「姉様。御無事で何よりです」

「……え？」

その挨拶に、一拍遅れてお姉さんが反応した。

「えっ!? ディー!? ディーなの!? なんでそんな可愛らしい格好を!?」

「え？ あっ……」

ディア君は自分が今どういう格好だったかを思い出したらしい。エルフ耳の先まで真っ赤になっている。完全にフリーズしてるねこれ。つんつん、と頬をつつく。ぷにぷにだぁ。

前領主夫人としてドレスを着ているマリア婆が、困惑した顔で私に話しかけてくる。

「ちょっとカリちゃん。どういうことだいコレは」

「え？ 超可愛いでしょ？」

「……いやまぁ、確かに私も男だと気付かなかったよコレは」

「どこからどう見ても女の子にしか見えないわ。嘘、ディーってば私より可愛くない？ まぁなんてこと。国の外にはこんな世界があったのね……！」

お姉さんはディア君を見てなんか目を輝かせてる。素質を感じる。一方でディア君は目端に涙を浮かべ、「ち、ちが、違うんです……ッ」とプルプルしてる。ヤバい最高。そのまま羞恥心を靴下にチャージしておくれ。

「あっ、申し遅れました。私、クミンと申します。この度は弟を助けていただき……？　ありがとうございます？」

「これはどうも、カリーナです。妹さん超可愛いですね。あ、クミンさんもすごく美人で」

「ボクは男ですってばぁ！」

子犬が吠《ほ》えるが如き可愛さのディア君を挟んで自己紹介を交わす私とクミンさん。

「それでディー。なんでそんな可愛い格好をしているの？　姉様に教えて？」

「こ、これはその……えと、カリーナお姉さん、説明をお願いします……うう……」

顔を押さえてしゃがみ込むディア君。やはり男の自分を知る者に、男の娘となった自分を見せることはとても恥ずかしいようだ。

よし、ここは私が完璧な説明をしてあげよう。

「……えーっと、確かその服は、ディアちゃんが自分に一番似合う服を自分で選んだ結果だったよね？　下着も女の子のだし。靴下も似合ってて超ヤバい可愛さでしょ？　ディアちゃんは自分の可愛さをよく分かってるよね！」

「かわっ、あ、お、お姉さん!?　せ、説明に重大な抜けがあります！　違うんです姉様！　カリーナお姉さんが、可愛い服を着たら姉様を助けてくれると!!」

あわあわと涙目で言い訳するディア君。あー、めっちゃ可愛ぇー。

「そういえば先日公衆浴場に痴女のエルフが出たって聞いたけど……まさか」

マリア婆がふと思い出したかのように言う。

「先日のアレだね！　ほらディアちゃん、やっぱり女湯に入るべきだったんだよ!!」

「それは絶対に違いますよお姉さん!!　あの、姉様！　信じてください！　ボクは痴女じゃないですから！　っていうかそもそも男ですからぁぁ！」

あー、可愛い。脳髄がジンジンと痺れる水で潤《うるお》っていく感覚。身内に初めて女装姿を見られて顔を真っ赤にしてる男の娘でしか摂取できない栄養素がある。

そんなディア君の目端から涙が零れそうになったその時、マリア婆がパチンと手を叩いた。

「いやぁ、うん。私は変装としてすごく完成度が高いと思うよ。ねぇ？」

マリア婆がお姉さんに「変装だったんだよ」という事でまとめようと水を向ける。なるほど、うまい解釈だ。前領主夫人は伊達じゃないなマリア婆。

「はっ、そ、そう、変装ね。ああ、だから女の子の格好をしてたのね、ディー」

「そ、そうなんです。この格好は身を隠すため仕方なく？　で、ですよね、カリーナお姉さん!?」

仕方ないなぁ。あんまりいぢめるのも可哀そうだしこのくらいにしてあげよう。

「私はその格好の方が好きなんだけど……じゃあディア君。着替えていいよ？　はい、これディア君の着てた服。返すね」

「あう。あ、ありがとうございます」

ディア君に、最初に着ていた服を手渡す。靴下だけこっそり新品に差し替えているのはご愛嬌。男の娘の、男の子だったときの靴下と併せて神様に提供したく存じます。

「では、着替えてきますね」

部屋から出ていこうとするディア君を、私は呼び止めた。

「え？　ここで着替えればいいじゃん。男の子なら、何にも恥ずかしくないでしょ？」

「……いや恥ずかしいですよ？」

「そうなの？　男の子なのに？」

「だ、だって。ここに居るのは女性ばかりじゃないですか。恥ずかしくもなります」

チッ。正論を述べやがるぜ。

「じゃあ先に靴下だけ返して。ならいいよ」

「それくらいなら、まぁ……」

と、靴下を脱ごうとするディア君。しかし、今穿いている靴下は黒のオーバーニーソ。つまり、太ももまである長い靴下。スカートを捲《まく》し上げて、手をひっかけようとすれば当然——みえ、見えたっ！　ここだ！　今ッ!!

「ディアちゃん。お姉ちゃん達にパンツ見えちゃってるよ？」

「ひゃえっ!?」

私の囁きで、ディア君は反射的にスカートを押さえた。再び顔を真っ赤にして、プルプル震えている。可愛い。

「あれー？　どうしたのディアちゃん？　スカートの中見られて恥ずかしいなんて、可愛いねぇ。さ、続けて？」

「う、うう……お姉さんの意地悪ぅ……」

ディア君は、私の狙い通りに羞恥にまみれながら、スカートの中身が見られないよう細心の注意を払ってニーソを脱いだ。そして、着替えを手にして隣の部屋へと向かった。

……私は脱ぎたてニーソを即座に収納空間へ片付けた。じっくり育てた果実は、ついに収獲されたのだ。

神様、ご覧いただけましたか！

『大変ぐっじょぶです！　男の娘前後セットで１００ＳＰを約束しましょう！　さらに査定額３倍のレッドチケットもお付けします。実質３００ＳＰですよ！　ひゅー！』

おっと、脳内に直接感想が！……私は間違っていなかった！　やったぜディア君、ディア君のおかげだよ！

「……なぁクミン、私らは何を見せられていたんだい？」

「分かりませんが、ディーが大変可愛かったのは間違いありませんね」

弟が辱められているのを見て口元がニマニマしてるクミンさん。

やっぱり素質があると思うよ！


ちなみにやけに軽々しく神様の声が聞こえたと思ったら、この応接室には簡易祭壇こと神棚が設置されていた。貴族や商人の家の応接室ともなれば神棚は標準装備らしい。取引や相談を行うにあたり、契約魔法とは別に形式として神に誓いを立てることも多いそうな。

……実際神様がそれで覗き見てるとは知らないでやってる人も多いんだろうなぁ。

「着替えて、きます……っ」

「私、着替え手伝ってきますね」

「ま、待って！　姉様は来ないで。ボク１人で着替えられますからっ」

「あらそんなこと言わないで。これからのことも話したいし」

「ううっ……」

そう言ってディア君とクミンさんが隣の部屋へと着替えに向かった。

下着が女物なの、ガッツリ見られちゃうね……！　頑張れディア君！


2人を見送り応接室に残ったのは私とマリア婆。

「はぁー、ディア君のお姉ちゃん美人だなぁ。惚れちゃいそう」

「なんだいカリちゃん、もしかして男嫌いかい？」

「嫌いってわけでもないけどね。臨時パーティー組む分にはともかく、側に置くなら男臭いのは御免だね」

「ああ、だからあの子を女装させてたのかい」

まぁ、それも無いわけではない。メインは男の娘の靴下狙いだけど。

「あの子も居なくなったし今のうちに血なまぐさい話――海賊の処遇について話そうか」

「あ、うん。大半も結局鉱山送りなんだ？」

「ああ。刑期40年だね」

マリア婆曰く、やはり鉱山送りらしい。他国の交易船に不当に手を出したのは非常に重い罪となり、実質死刑のようなものらしい。

「んで、ゴメスは処刑と」

「アイツの部下も吐いたからね。仲間同士とはいえ殺人、そのうえ放火だ。文句の出ようがないさ」

今頃マリリン船長にも話が届いているだろうとのこと。予定は2日後だ。

「マリリン船長はどういう罪になるんです？」

「さてね。一旦捕まえて話を聞かないと具体的には分からんが、ま、最低でも鉱山に30年は確定さ。船長責任を考えればより多くなるだろうよ。……案外、アイツなら生き延びるかもしれないがね」

ふぅ、とため息をつくマリア婆。

「そうなの？」

「アイツ、あれで私の3つ年下なんだよ。それ考えたら30年先でも生きてそうだろ？」

「そうなの!?」

衝撃の事実。美魔女ってレベルじゃねぇぞ！

私があっけに取られていると、マリア婆が話題を変える。

「なぁカリちゃん。話は変わるんだが、錬金王国が滅んだ理由ってなんなんだい？」

「うん？　あー、いやぁ、それが超下《くだ》らないことで――」

『は？　下らなくなんてないんですが？』

「――はないんだろうけど、私には分からないなぁ、神様のお考えなんてねぇー」

神様、雑談にインターセプトするの止めてください。

「そうかい。神様のお考えが分かれば、錬金王国の跡地を切り取ってもいいのかとか判断できるところなんだが」

「それは大丈夫でしょ。新たに『混沌神』が出たなら別だけど」

「……ふぅん？」

「気になるなら教会で神様にお祈りしてお伺い立てたらいいんじゃない？　知らんけど」

「ああ、そうだね。そうするよ」


そんな風にのんびりマリア婆と雑談していると、ディア君とクミンさんが戻ってきた。

ディア君の顔が真っ赤なのは、着替えた時に下着をバッチリ確認されてしまったからに違いない。……にしても、男の子に戻ったというのにもはや女の子が男装してるようにしか見えないな。ずっと女装姿を見てたからだろうけど。

「やっぱりディア君はワンピースの方が似合うかなぁ」

「そう、ですか？」

「太もも丸出しにして大丈夫？　白くて眩《まぶ》しくて可愛いよ？」

「はぅ」

短パンで丸出しのすべすべな白い足をもじもじさせるディア君。

「……ねぇディア君。やっぱり実は女の子だったりしない？」

「しませんっ！」

しないかぁ。こんなに小さくてぷにぷにで可愛いのになぁ。むしろディア君が可愛すぎて私が女の自信がなくなってきたよ？


「そうだ。海賊から奪い返した荷物なんだけど、どこに出します？」

「え？　荷を返していただけるんですか？」

私の提案に驚いた風なクミンさん。

「そりゃ返しますよ？　元はと言えばクミンさんやディア君のものでしょ」

「ただでさえ弟を助けていただいて、その上荷を返していただけるとなったら……なんとお礼をしたらいいか。あ、ディーを差し上げましょうか？　随分と可愛がっていただいたみたいですし」

にっこり笑いながらディア君の肩を掴んでそっと押し出してくるクミンさん。

「姉様!?」

「ディーもまんざらではないんでしょう？」

「そ、それは、そうですけど……」

もじもじと足を内股にして恥ずかしがるディア君。うーん、やっぱ可愛い……っていうかまんざらでもないのかディア君。マジで好きになっちゃうぞオイ。


だから私はあえて断る！　なんか私もそろそろ禁断の扉開いちゃいそうだから!!

「とりあえず、お礼ならクミンさんの靴下をください」

「……はい？」

当然の如くクミンさんは首をかしげた。これは聞こえたけど理解できなかった感じだな。

「クミンさんの今穿いている靴下をください。事情があって集めてるんです、靴下を」

「そういえば先ほどディーの靴下もどこかに仕舞っていましたね……では私が穿いているものと同じ靴下の新品を手配して」

「違います！　今、クミンさんが穿いている靴下。その脱ぎたての現物でないと意味がないんです！　私を助けると思ってどうかひとつ！」

私は頭を下げて、誠心誠意お願いした。

「……まぁ、構いませんが」

「あ、代わりの靴下はこちらをどうぞ」

「準備が良いですね」

教会で貰った靴下がまだあるのよね。うん。

「では脱いでしまいましょう……ところで、靴下を集めてどうするのでしょうか？」

「食べるんじゃないですかね。知らんけど」

「食べ!?」

びくっと靴下脱ぎかけで手が止まるクミンさん。

「え、たべ、え？　しかもカリーナさんが集めてるのではなく？」

おっと。ほんのり頬が赤くなってるぞお姉さん。

そうか。同性の私がただコレクションするだけというより、見知らぬ誰かに食べられるとかいう訳の分からないシチュの方が恥ずかしいよね！

「……ええ、私の上司が靴下大好きなんですよ」

「上司!?　カリーナさん、そ、その、上司さんとはどのようなお方ですか？」

「ノーコメントで！」

ド変態でも（見た目は）可憐《かれん》な少女だと分かったら羞恥心半減だろうからね。秘密にしておいた。

「うぅ……」

クミンさんは私へのお礼のために、意を決して靴下を脱ぎ切った。脱いだ靴下を丁寧に畳むあたり、育ちの良さが窺えるというものだ。良き良き。

「……どうぞ、カリーナさん」

「ハハッ、ありがとうございます姫様！　間違いなくお届けいたしますので！」

宝剣を下賜される騎士の如く、跪《ひざまず》いて恭しく靴下を受け取る。マリア婆はとても複雑そうな顔をしていた。

「ううっ、先ほどのディーの気持ちが少し分かりました」

「ボクは逆に先ほどの姉様の気持ちが少し分かりましたよ」

姉弟仲良しでなによりだね。私は靴下をしまった。

靴下を穿き替えたクミンさん。こほん、と咳払《せきばら》いして仕切り直しだ。

「その、他に欲しいものはありませんか？　さすがに靴下だけでお礼とは言えませんし。やはり弟を差し上げたいところですね」

むむむ。やたらディア君を推してくるな。確かにディア君は可愛くて癒されるけど、もしかして実家で家督争いとかがあるんだろうか？　厄介払いか？

「うーん。差し上げると言われてもどうしたらいいか分かりませんけど……ねぇマリア婆、これどうしたらいいのかな」

「そりゃぁ婿にするとかじゃないか？　個人的には色々と責任は取るべきだと思うがね」

「うっ……！」

なるほど、そういうことか。

確かにこれほどの美少年、そのまま正しく大人になったら引く手数多《あまた》の優良物件だったに違いない。


それを男の娘にしてしまった責任は、確かにある……！

つまり、ディア君にお嫁さんを見つけてあげないといけないってことだよなぁ。男の娘でもいいというお嫁さんかぁ。まぁ、探せばいそうだよね。居なかったら最悪私がお嫁さんになる？　いやぁないない。相手は子供だもん。


「カリーナお姉さん。その、ボクからもいいでしょうか」

「ん？　何ディア君？」

「お姉さんの大切な使命……その、お手伝いをさせてください。ボクがお姉さんと一緒に行きたいんです。だめ、でしょうか？　女の子の格好じゃないとダメって言うなら、引き続き女装しますし！」

……大切な使命？

あ、靴下のことかな。なるほど、確かにディア君の靴下は神様に非常に好評だった。であれば、定期的にディア君の靴下を納品するのはアリだろう。もちろん、神様が飽きない程度に間を空けるが。

それに、ディア君なら一緒に楽しく魔道具作りとかもできるし、なにより可愛いから見てて癒されるもんね！　それに、拠点にディア君の部屋も作っちゃったし！

「分かった。そこまで言うなら、ディア君を私のパーティーメンバーに加えよう！」

「！　ありがとうございます！　ボク、頑張って世界を救うお手伝いしますね！」

ん？　世界？　あ、やっべ。そういえばディア君にカッコつけて『大魔法使いカリーナは世界を救う崇高な使命を帯びてる』とか言ってたわ……まぁそれも嘘じゃないからいいか。


「……カリちゃん、世界とか初耳なんだが詳しく聞かせてもらっても？」

「ええ、私も気になりますカリーナさん」

と、マリア婆ががしっと私の肩を掴む。クミンさんも真面目な表情だ。あー、うん、ですよねー。

「実はその、ウチの上司曰く、今現在世界の収支がマイナスらしいんですよね。その、神器が多すぎるらしくて。だからある程度回収しないと、最短10年で滅ぶそうで」

「10年……」

「たった10年ですか……一大事ですね」

エルフの時間間隔的には10年は短いんだろうか。

「分かった。それで神器を破壊しても良いか、って話だったんだね。得心したよ」

「そのような重要な使命を……分かりました。我々エルフも国を挙げて協力するよう王に進言しましょう」

「パヴェルカント王国もだね。ああカリちゃん。これ、上に報告してもいいね？」

「えぇ？……のんびりやろうと思ってたんだけどなぁ」

「……カリちゃんはそれでいいかもしれないけど、私らは滅びたくないんだよ！」

「たった10年で滅びると言われたら当然でしょう！」

言われてみればそうだな……実はそれほど深刻ではないけど、協力が得られるなら楽に神器回収できそうだし、神様が世界を見捨てない限りは滅びないということは黙っておく。大魔法使いカリーナちゃんにとっては別に悪い話でもないもんな。

「んじゃ、回収していい神器の情報とかあったら教えてね。えーっと。連絡はどうやってつけようかなぁ。どうしたらいいと思う、ディア君」

「カリーナお姉さんの魔法で何とかならないですか？」

「なるね。それでいこう」

以前ディア君に言った『大魔法使いと商人でしっかり切り分けておきたい』という注文に見事に応えるナイスアイディア。そう、今の私は大魔法使いカリーナちゃんだから、魔法でなんでもできちゃうのだ。そこに気が付くとはさすがディア君。可愛くて賢い。

というわけで、私の収納空間に直通のポストを作ることになった。そこに手紙を入れてもらったら適当に会いに行くよ、という感じ。こちらからの返事が入る引き出しもついているぞ。……ゲゲゲな妖怪ポストみたいだな。うん。

「あの、これでディーへの個人的な手紙を書いてもいいですか？」

「もちろんＯＫだよ！」

家族と連絡が取れるなら、ディア君も寂しくないだろう。寂しかったらいつでも会いに行っていいんだしね！

預かっている荷物のうち、女児服――ディア君の着替えについては自由にしていいとのこと。買いに出かける手間もなさそうでなによりである。

そして海賊の所持金だったお金についても私の方で貰えることになった。実は事務所にあったお金の大部分が『クミンさんの売上』だったため、これは基本的にディア君の生活費になる予定。あと靴下代。

見舞金に売上に、実はマリア婆が一番損してると思うんだけど、気前良いなぁ。

「ここで下手にケチるとこれ以上に損が出るからね。いわば必要経費だよ」

「あ、そうなんだ」

戦争が起きた時の領地への損害と比べたらこの程度ははした金らしい。なるほど。

「あとカリちゃん。コッソリ建物内に入られても困るから、次も今日みたくちゃんと正門から来とくれよ」

「分かったってばマリア婆。クミンさん、荷物を出していい場所に着いたら手紙頂戴ね」

「ええ。よろしくお願いするわ。ディーも元気でしっかりやるのよ。可愛いを極めなさい」

「はい、姉様……え？」

と、そんなわけで手を振ってまたねと別れる。会いたくなったらいつでも言ってね！

「それでカリーナお姉さん。これからどうするんですか？」

「うん。一旦拠点に戻ろうか。……マリリン船長相手の、秘密兵器を作ろうと思うんだ」

「秘密兵器……!!」

目をキラキラさせるディア君。男の子ってこういうの好きなんでしょ？　超知ってる。

あ。でもよく考えたら昨日徹夜しちゃったので超眠い。ディア君もちょっとフラフラし

てるぞコレ。

「一緒に徹夜した私が言うのもなんだけど、しっかり寝なきゃだめだよディア君」

「あぅ。徹夜してしまいましたからね……」

「私はちょっと用事あるから、先に戻って寝ちゃいなよ。私も用事済ませたら寝るから」

「ふぁぃ……」

「とと、大丈夫？　うーん、一旦送っておくか」

フラフラのディア君を支えて、私は拠点へと帰還する。さて、アイシアにはディア君も

一緒に旅することになったのをなんて言ったもんか……

「おかえりなさいませあるじ様。やっぱりディア様も同行することになったんですね」

「話が早いなぁ。その通りだけど」

え？　部屋作った時点でそんな気はしてた？　お、おう。さすがアイシア。私のことを

分かってるじゃないか……

＊　＊　＊

で、私の用事はもちろん神様への納品だ。シエスタに挨拶して礼拝堂でお祈りをする。

「神様ー、納品に参りましー――」

「きちゃぁあああああ!!!　待ってましたよカリーナちゃん！」

「ぐほぉーーー!?」

タックルする勢いで抱きつく神様。私は吹っ飛ばされた。礼拝堂の椅子に座っていたはずなのに、神様に抱き着かれた瞬間椅子の存在は完璧に消えた。地面に押し倒されマウントポジションを取られる。

「さぁ、早く出すのです！　靴下！　神様もう待ちきれませんよ!?　涎《よだれ》が止まりませんよッ！　ズビッ！」

「はいはい。んじゃ、こちらをお納めください」

神様をよいしょと退けつつ起き上がり、３足の靴下を差し出す。ディア君の男の娘前後靴下セット、それにクミンさんの靴下だ。

神様がキラーンと目を光らせる。

「む！　これはこれは……男の娘前後で１００ＳＰを約束しましたが、そこにクミンちゃんも併せてきましたか！　姉妹丼とはカリーナちゃんも理解《ワカ》ってきましたね」

「あ、査定額３倍のレッドチケット使用で」

「当然ですね！　あ。本当はディア君ちゃんの靴下だけのつもりでしたが、特別にクミンちゃんのにも適用してあげますよ。赤い3倍チケットを！　喜び褒め称えなさい！」

「あざっす！　神様さすがっす！」

得意げな神様は、ふんふんと鼻を高くして、それから査定に入った。


「えーっと、査定ですが、まず男の子靴下が……くんくん、ふむ。女装を言いつけられた戸惑いと決意の香りです。穿いてる期間を考慮して20ＳＰ。クミンちゃんのは全然穿いてない新品でしたね。直前にお風呂入って穿き替えたばかりですコレ。羞恥心というか戸惑いと……ああ、上司が神様って気付いてますねこれ。まぁこの程度なら面白味。んんむむ……20ＳＰで！」

むむ、査定がやや渋い。クミンさんの靴下が思いのほか安かった。それでも20×2で40ＳＰ、3倍で１２０ＳＰだ。

「……で！　やはり今回のメインディッシュは男の娘靴下！　ああー、初恋のお姉さんにいぢめられる甘酸っぱさが最高ですねぇ！　１００ＳＰ！　セットで１００ＳＰ保証と言いましたが１００ＳＰを超える分には何の問題もありませんよね？　むしろ払わせてください。素晴らしい靴下に乾杯です」

「もちろんですありがとうございます」

やったぜ！　100点満点！　3倍で300SP！　セットで420SPとなった。

というかさりげなくディア君の初恋を暴露されたんだが？……こんな中身男の私が初恋て。なんかごめんなディア君。


「それと、まだあるでしょう？」

「あー。すみません。ポセイドンとショゴスって神器があるらしいんですが、まだ手に入れられてなくて……」

「そんなのはどうでもいい。まだあるでしょ？　ほら、海賊船でぇー？　中でぇー？」

「……あっ、包帯の方ですね。はい」

「その通りです！　わーい！」

神器より靴下（包帯）の方が大事か。ブレねぇなこの神様。まぁ神様からしたら別に他からエネルギーとやらを持ってくればいいだけなのか。そしてこの包帯も靴下カウントで良かったらしい。

「うんうん。これはこれで中々の恥じらいが感じられます。足を切り落とされた絶望感と海賊に使われる屈辱感。カリーナちゃんが治した時の感動も相まって、あたかもゴーヤチャンプルのような味わい！　くるぶしから先はなかったですが、巻きっぱなしで使用期間も十分ですね。3人分で90SPあげちゃいましょう」

おお、これは想定以上の収入となった。

「カリーナちゃんが足を治す直前にはだけ落ちてたのは幸いですね！　カリーナちゃんの魔法で生やした足が触れてたら、一気に減額してたところでした」

「げぇっ！　そりゃ危なかった……」

神様、自分の――ひいては神様が作った私の『ニオイ』のする靴下はアウトだもんな。今後も気を付けないといけないところだ。性癖の地雷ってのは、どこでどう爆発するかまったく予想が付かないものだ……細心の注意を払う必要があるだろう。

今日の納品は合計510SP。神器1つ納品するより稼げてしまったぜ。残高660SP。ふーむ、溜まってきたじゃないの。こういう数字で見える成果って悪くないわ。

「むふふ。神様結構満足ですよ？　今日はオカズに困りませんね！」

それはどっちの意味なのか、というのはさすがに聞けなかったよ。

＊＊＊

さて、おはようございます。朝です。納品を終えて帰ってきた私はそのままベッドにイン。ちょっと寝るつもりが翌朝までぐっすりだったよ。ディア君も同じく朝まで寝てた模様。

「お二方。こんなに寝るなら最初から寝ていた方が時間が有効に使えたのでは？」

「『楽しい』を優先したんだよ。後悔はしていない」

「昨日の時点では、まだお姉さんと一緒に旅すると決まっていませんでしたしね」

なんだろう、ディア君の方がしっかりした理由になっている気がする。かしこい。

なにはともあれ、レッツ秘密兵器開発！　私はディア君と工作部屋にやってきた。

ちなみに今のディア君の格好は作業着ということで、薄手の白タンクトップにツナギのような長ズボンだ。……工学系女子にしか見えないな。色気のないはずなのに素が可愛すぎてとてもエッチに見える。スパナ持たせたら似合いそう。

「それで、秘密兵器って何を作るんですか？」

「よくぞ聞いてくれましたディア君……！」

ドドン！　と私はゴメスの乗っていたゴーレムを床に置く。

「搭乗兵器――コンバットゴーレム！　その武装を色々作っていくよ！」

「コンバットゴーレム！」

キラッキラに瞳を輝かすディア君。ぐっすり寝たので昨日より明るいぜ。

「確か、かの錬金王国では通常の騎兵の代わりにゴーレム騎士団というものがあると聞いたことがあります。魔石の消費が激しいので防衛専用みたいなところがあるとか」

「あ、そうなの？」

そんなロマン部隊があったのかよ錬金王国。神様そういうのあんま興味なかったのか、まとめて擂り潰したけど。

「実際にゴーレムがどういう動きをするのかも見たいですね」

「お、そんならちょっと乗ってみるか。まぁ魔法で動かすから見てて——うわコックピット臭ッ！　おぇッ、なにこれ臭ッ。男子剣道部の部室かよぉ!?」

コックピットに乗り込もうとしたらすごく臭かった。これは一旦座席諸々取り外して、アイシアに洗っといてもらわなきゃな……おえっぷ。気持ち悪ぃ……

一旦コックピットを空間魔法で分離してアイシアに託し、私はディア君を抱きしめて鼻を癒す。あー、ディア君良い匂い。

「あ、あの。そろそろ放して……」

「もうちょっとお願い」

照れるディア君をむぎゅむぎゅ抱きしめる。からの、くんかくんかすーはー……美少女の香りだぁ。これ香水にして商品化したらバカ売れだね！

「じゃ、武装を考えようか。というかそれがメインだし」

「あの、このままですか？　放してくれたりは……」

「ゴーレムの武装を考えようか」

私が強行すると、ディア君は諦めたようにため息をついてそのまま話を続ける。

「……ゴーレムサイズの剣とか槍とかってことですか」

「うんにゃ？　銃とかバズーカとか。でも剣とかもいいな」

当然ゴーレムサイズなので、それなりの大きさにするわけだ。人間には持てないサイズの銃や大剣とかロマンよね。

「銃はともかく、バズーカとは？」

「バズーカってのはね、えーっと、手持ちの大砲みたいな？」

「大砲。なるほど。確かにゴーレムなら手に持って運用できますね」

あ、大砲もこの世界あるんだね。銃があるならあるか。


「……ちなみに銃や大砲ってどういう仕組みか知ってる？」

「簡単には。筒の中で爆発の魔法効果を発生させ、鉄球を飛ばす武器ですよね」

あれ、火薬じゃないんだ。そっか、魔法があるもんな。

「で、これが海賊達が使ってた現物ね。弾はこれみたい」

海賊達を倒したときに徴収した銃と弾をテーブルに置く。

「本物の銃……こうして手に取ってみるのは初めてです」

「折角だし分解もしてみようか。どんな魔法陣使ってるか見てみよう！」

「え。そう簡単に分解は――あ、すごい。綺麗にすぱっと切れてる」

と、銃身が切れ、銃の奥にある爆発効果があると思われる魔法陣が見えるようになった。

空間魔法を使えばこの程度、なんてこたねぇのさ。

「こういう魔道具って複製防止のために分解したら自壊するような仕組みがあるって聞いたことがあるんですが……」

「そこはお姉さんの魔法でちょいちょいっとね！　さ、調べてみよ」

実際は切ってないし、空間魔法でズラしているだけだ。分解しているように見えるだけで。

魔法陣を描き写し、銃を調べるディア君と私。

「多分これが爆発の魔法陣です。筒の底に魔法陣を描いて、ここは魔鉄かな……裏側から魔力を流すとスイッチが入って、バン、ですね」

「その魔力を流すのは、指のトリガーがスイッチになってるのか。ふむふむ」

構造としては単純だった。それこそ押しボタンのスイッチ一つで電気がつく豆電球と乾電池のようなもの。豆電球が光る代わりに爆発する感じ。

「銃の弾丸は、球よりも流線形の円錐のがいいんじゃないかな。あと回転すると安定して真っすぐ飛ぶからライフリングも付けよう。螺旋《らせん》の溝を銃身の内側に彫るヤツ」

「お姉さん、その溝でどうやって弾が回転するんですか？」

「確か、弾よりほんの少し小さい筒になってるから、ここにグリグリッと引っかかって回転するんだっけかな。確か旋条痕ってのが弾に残るんだっけ？」

……ん？　ってことは、ライフリングさせるなら弾は多少柔らかい金属にする必要があるってことか？　そのための鉛玉、ってコト？　同じ金属使っちゃうと銃身破裂したりすんのかな、怖。しかもギリギリ掠《かす》る程度にしとかないとすぐ銃壊れちゃうじゃん……ライフリング実装に必要な弾と銃身の工作精度エグいなぁオイ。

ま、空間魔法ならナノメートル単位での調整楽勝ですけど。空間魔法で複製もできる。

「うーん、引っかかるなら、弾を充填するの大変そうですね」

「そこは魔法で最初から中に弾をセットすればいいかな」

何なら爆発魔法の魔法陣もいらないわけだが。爆発ってのは『気体が勢いよく膨れる』ってことだから、代わりに弾の後ろに空間魔法で作った圧縮空気を解放してやればいいわけで。……そう考えると魔道具で装備を作るのは追々でいいな？　なにせ１日休んじゃったから、タイムリミットは今日１日しかないし。

「ま、大概のことは魔法で実現できちゃうからね。ディア君、なにかゴーレムをカッコよくするアイディアがあったらなんでも言ってよ。なんでもいいから」

「なんでも、ですか？」

「うん。今回は時間ないし、魔道具で実現できるか考えるのは後々でいいよ」

ふむ、とディア君は考える。

「そういえばこれ、マリリン船長を捕まえるためのゴーレムなんですよね？」

「うん、そうだね」

「じゃあ捕縛用の装備もあった方がいいですよね。投網とか」

「おっ、いいねそれ。実用的だよ」

言われてみれば、私は一度マリリン船長を逃がしてしまっているのだ。それを考えたら、何かしら拘束するための兵装は必須と言える。

「ベタベタでくっ付けちゃうなんてのもいいかもしれません。植物でそうやって虫を捕まえるものがあるんですよ」

「トリモチ弾か！　それもいいなぁ！」

どうやったら実現できるだろう。と、私とディア君は考える。空間魔法なら大抵のものはできるのだが、工夫は絶対に必要なのだ。

「となると、左手にバズーカ装備してその弾でトリモチ弾とか通常弾を切り替えて使う運用になるかなぁ。あー、でも剣や盾を装備して戦う近接武装ゴーレムも捨てがたい。悩ましいなぁ」

ロボットの構成《アセンブリ》。戦闘用のゴーレムは1体だけなので、持てる武装の数には限りがある。何を作るかも悩ましい話だ。

「あれ？　お姉さんは魔法で弾を装填する予定なんですよね？」

「うん。こう、収納でシュンッと」

言いながら右手にナイフを取り出してみる。

「なら、思いつく武装を全部かたっぱしから作っておいて、装備も魔法で随時交換したらいいんじゃないでしょうか？　この拠点にいくらでも置いておけますし。一応擬装で箱でも背負っておくべきかもしれませんが」

「……！　天才かよ」

言われてみれば。別に装備の数を両腕に持てるだけに限る必要は無いのだ。装備コンテナでも背負っていれば『この中に入れてあるんだ』という言い訳を振りかざして武器変え放題の使い放題である。

「それじゃ、思いつくだけの装備を作ってみるか。素材は……山から岩を拾ってくるかな。

重量は魔法で軽減して使えばいいや」

「本当になんでもできそうですね、お姉さんの魔法って。ならボクは装備に刻む魔法陣を作りますよ」

「ほほう？」

それはどうして？　とディア君に尋ねる。

「お姉さんは商人として海賊と接触しているので、万一武器が奪われたときに備えて『これは魔法じゃなくて魔道具の武器だったんだ』という言い訳ができた方が良いかと思いまして」

「確かに！　気が利くねディア君」

ディア君の頭を撫でる。はぁー、さらさらの髪の毛。いつまでも撫でていたい。

「あ、あと。今回は必要ないと言われましたが、やっぱり実際に魔道具にしてみたいなって……ボクには先日見せていただいた教科書に載ってる知識くらいしかありませんが、上手く組み合わせれば結構いけそうですし。燃費は悪そうですが」

言い訳のようにそう言って照れるディア君。

「なるほど。動力に目を瞑れば動作可能——ロマンだね！」

「はい。なのでお姉さんの思いついた武装とか色々教えてください！」

「任せて！　あー、ドリルやパイルバンカーも良いなぁ。火炎放射器なんてのもある意味ロマン装備……！」

あー、ワクワクしてきたぁ。

かくして、私とディア君はゴーレム装備を作るのに時間を忘れて没頭した。決戦は翌日だったわけだが、気が付けば寝ないで当日の朝を迎えていた。２人仲良く徹夜である。１日ぶり2度目。

大量に用意した兵装を前に、私とディア君は満足げに握手し、そしてあくびした。

「ふぁぁー……やっべ。また寝不足だよ」

「ついついやってしまいましたね……ふぁ、ふぅ……」

そっと手で隠す小さなあくび。ディア君の育ちの良さが窺えるっていうか、あくびも可愛いなチクショウ。目が潤んでるぞこの観賞用美少女がよ……！　これでガチ女の子だったら絶対にお嫁さんにしてるぞ。マジで。同じ趣味で盛り上がれる最高のお嫁さんだよね？

「？　どうかしましたか、お姉さん？」

「ああいや、なんでもないよ。さて、今日はこれで大活躍しちゃうぞー！」

ともあれ、色々と秘密兵器ができた。待ってろよマリリン船長！　そしてできればこの秘密兵器を目一杯使わせてくれ!!（徹夜テンション）

#Sideマリンベル海賊団

商船の襲撃に失敗した日。

神器ポセイドンの強制帰還——月1度しか使えない切り札で、ヴェーラルドから半日離れた島、マリンベル島の本拠点へと逃げ帰ったマリリン。彼女は、その苛立《いらだ》ちを空樽にぶつけていた。

「くそっ、なんだったんだあのメスガキはよぉッ！」

がらあん！　と蹴りでひしゃげてバラバラになる空樽。自信はあった。なにせマリリンは神器2つを所有し、しかも海上という力を万全に発揮できるフィールドだったのだ。

なのに、負けた。

尻尾を丸めて逃げるしかなかった。

多くの仲間を置いていかざるを得なかった。

「せ、船長……」

「あぁぁあもぉぉぉおおお！　こんだけイライラしたのは久しぶりだよッ！」

心配して声をかけた船員の声を無視して、マリリンは親指の爪を噛んだ。これからどうするべきか。襲撃に失敗した今、考えるべきことが山のようにある。

万一にでも船に残していった連中があの女を倒したのであれば、いっそ船を鹵獲《ろかく》して何もかもを得られたと万々歳になるところだったが……まず無理だ。そんな相手であればマリリンが倒している。


逃げるか。自首するか。抗戦か。人員は。食料の確保は。海賊の誇りは。


いや。今だ。今すぐ出るのだ。マリンベル島はヴェーラルドから半日、正確にはポセイドンによる高速運航で半日の距離にある。あの足止めを考えれば、ギリギリ、そう、ギリギリに間に合うハズ。ヴェーラルドから視認できない範囲で、もう一度戦えるはずだ。

「お前達！　戦の支度だッ！　すぐにもう一度出るよッ！」

「あ、アイマム!!」

指示を出し、マリリンは再度考える。考えなければいけない。なぜなら、マリリンは伝統あるマリンベル海賊団の船長なのだから。

態勢を整えて、改めて万全の状態で挑めば。あの女を倒し、商船を鹵獲し、失敗を、逃走を無かったことにできる。捕らえられた連中を内応させ、挟み撃ちにするのが一番勝率が高い。と、マリリンは考え得る最善手を打った。船にありったけの武器を詰め込み、最高速で準備を万全に整えた。

だが。


「……はァ!?」


出航準備を終える直前。ポセイドンで商船の位置を確認したところ、商船は既にヴェーラルドから目視できる範囲にまで進んでいた。想定より早すぎる。まるで商船もポセイドンの高速運航を使っているような……と、ここでハッとマリリンは気付く。

「あの、メスガキか……ッ!!」

マリリンを退かせた、神器持ちの女。アレの仕業に違いない。

完全に失敗した。今から向かっても、海賊船が商船を襲ったことを隠せない。目撃者を増やしてしまうだけだ。

……出航は取り止められた。

それから怒りを鎮め、状況をまとめるのに2日かかった。

「状況は、悪い」

マリンベル島の港に繋いだ海賊船。その船長室でマリリンは考える。

現在、残っている人員はマリンベル島に置いていた者と、襲撃の際にも船に残っていた少数の船員のみ。ポセイドンがあるので船を動かすには十分ではあるが、仕事をするには支障が出る人数だ。

そしてなにより、襲撃に失敗し、船員達を置いて逃げてしまったのがマズイ。

そもそもがおかしいのだ。あの船は何日も前から航海し、ヴェーラルドに向かう商船であったはず。航路的にそれは間違いない。その船に、なぜかその直前にマリリンが海賊船から追い出した女が乗っていた。泳いで先回りしたとでも言うのだろうか。

「いや、間違いない。アイツはポセイドンを持っている」

それならこちらの攻撃が通らなかったのもまだ納得がいく。ポセイドンの力で先回りし、ポセイドンの力で商船を守り、ポセイドンの力で銃やゴーレム、マリリンの攻撃を防いだのだ。そして、その力で商船がもう一度襲われる前にヴェーラルドまで送り届けた。

辻褄が合う。相手の持つ神器は、ポセイドンか、それに近いものだろう。

「ってことは、マリンベル海賊団を陥れる罠《わな》、か？……ひょっとして倉庫の火事も？」

そう考えるとしっくりくる。

最近のマリンベル海賊団は、少しやりすぎていた、かもしれない。そこに領主がもう一つのポセイドンを見つけたのであれば。古い海賊団を始末し、従順な新しい海賊団を、と考えてもおかしくない。

そのための罠だとすれば、これは――


――ドタドタドタ、と足音が聞こえてくる。

「お、お頭ぁ！　大変ですッ！」

「なんだい騒々しい……何が大変だって？」

既にもう大変だってのに、とマリリンが扉の前で慌てる船員に尋ねる。

「しょ、処刑！　公開処刑で、ゴメスさんが！　ゴメスさん達が処刑されるって！」

「はぁあ!?」

それは、マリリンの状況をさらに追い詰める一報だった。

「落ち着いて、正確に情報を伝えなッ！」

「あ、そのっ、ヴェーラルドの港に残ってた連中が鳥を！　これっす！」

マリリンは船員から鳩便《はとびん》の小さな手紙を奪い取る。半分は暗号になっているが、暗号に対応していない公開処刑といった単語がそのままに書かれている。

「ゴメス、船員、公開処刑……日付……3日後ぉ!? どうなってんだ、そんな急な処刑だなんて聞いたことないよッ!? 法はどうなってんだ法はッ!!」

「わ、分かんねっす!」

「続きは……不当、救援求む……か。ちぃッ! 面倒なことになった!」

その急な日程と内容は、マリリンの思考を縛る。

不当と思われる処刑。助けを求められている。マリリンのもとに手紙が来るまでに、他の船員達の耳にも入ってしまっているだろう。これで助けに行かなければ、船長としての威厳を失うことは間違いない。そうなれば、マリンベル海賊団はおしまいだ。

既に、無敵のはずのマリリン船長がゴメス達を置いて逃げるという「やらかし」をしてしまった。挽回《ばんかい》するにはゴメス達を助けるしかない。

マリリンは崖っぷちに追い詰められていた。


「だが、ここであのメスガキが邪魔してきたら……勝てるか?」

勝てないかもしれない。実際、1度目の邂逅《かいこう》で、逃げてしまったのだから。

「……どうやったら勝てる……!?」

現在を、限界を超える必要があった。公開処刑までの、残り3日で。

マリリンは今更ながらに、自分と同等の――神器を使う存在に頭を抱え、情報の大事さを身をもって覚えた。本当に、今更だが。

マリリンが勝つ要素があるとすれば、経験と、神器を2つ持っている、という点だ。

「今のアタシは、ただポセイドンとショゴスをそれぞれ別々に使っている、だけだ。なら、もっと積極的に組み合わせたら――」

10と10を足して20にしているだけのものを、100にも1000にもできるのではないか。マリリンは、ゴメス達の公開処刑ギリギリまで、その方法を研究し特訓した。

かくして、ゴメス公開処刑の日を迎えた。

準備は万端、休息もしっかりとり気力も十分。処刑場である海の見える中央広場へ、マリリンは向かう。見張られているであろう港からは少し離れた場所に停留させた海賊船から、真っすぐに中央広場へ。赤い髪にいつもの服は目立つので、地味な格好に変装している。

狙うは処刑の直前、ゴメス達の姿を直接確認できるその時だ。

「処刑場に連れ出される前に助けるわけには行かないんすか？」

「処刑場に集まってる民衆を味方につけるためさ。ここでアタシらが正当性を示さなきゃ、たとえ河岸《かし》を変えても仕事できなくなっちまうだろ」

と、マリリンはその考えを部下に伝える。

領主がこちらを潰す気である以上この町ではもう仕事はできない。しかし別の港町に向かう場合には『領主から不当に追い出された』という状態が望ましい。そうでなければ、誇り高い海賊が、それこそただの賊になってしまう。マリンベル海賊団は、少なくとも表向きは人々に愛されるカッコいい海賊なのだ。

なにより、こちらに正当性さえあれば、それを盾に領主の目を盗んでこっそりと取引を続けることすらできる。

マリリンは、船長として今後の生活までちゃんと見据えていた。

よく晴れた真っ昼間の中央広場には既に人が集まっていた。処刑用の高台が建てられ、その上には首を乗せる台が置かれている。古めかしくも過激な、斧による斬首刑というわけだ。

部下は民衆に紛れさせ、マリリンはいつもの船長服と船長帽に着替え、建物の屋根で待機。処刑に間に合ったことに、そっとため息をついた。

やがて、中央広場にゴメス達が連れてこられる。

「い、いやだぁ！　死にたくねぇ!!　俺は悪くねぇ、ハメられたんだ!!……むごっ」

駄々っ子のように見苦しく喚《わめ》き散らかすゴメスに猿轡が嵌《は》められた。処刑台に向かって歩くのを渋るゴメスは陸の亀よりも遅く、兵士に担ぎ上げられてようやく高台へと上った。

「これより処刑を開始する!!」

役人が大声で宣言する。今だ。マリリンは屋根の上に立ち上がった。

「その処刑、ちょっと待ちなァーーー!!」

よく通る大きな声に、民衆の目が集まる。マリンベル海賊団の赤髪の傑物、永遠の美貌を持つマリリン船長。仁王立ちしてコートを潮風にはためかせるその姿にはさすがの貫禄《かんろく》があった。

「そいつらはウチらマリンベル海賊団の一味だ！　それをアタシに話を通さずいきなり処刑とは、どういう了見だい!!　えぇッオイ!!」

ゴメス達はマリリンを見て救世主が現れたと喜びの呻《うめ》き声を上げる。と、ゴメスが猿轡をなんとか外した。

「マリリン船長!!　助けてくれぇ!!　俺は無実だぁーーー!!」

野太い声でゴメスが叫ぶ。

「正義の海賊、マリンベル海賊団!!　アタシらは海に誓って悪事は働いてない、そうだよねぇゴメス!?」

「ああっ！　ああ、その通りだマリリン船長！」

「そうさ！　そもそも逮捕から処刑までが早すぎる！　これは陰謀じゃぁないかい!?」

マリリンの言葉に、広場に集まっていた人々に疑惑の芽が植えつけられる。

「確かに！　逮捕から処刑になるまでが早すぎる！」

「ちゃんと調査したのか!?」

「なんらかの口封じ……とか？」

そんな声が観衆の中から聞こえてきた。火をつけた最初の一声は、群衆に紛れさせた海賊の一味。だが疑惑の炎は状況を肯定するように燃え上がる。

「私達もある日こうやって処刑されるかもしれないわよ!?」

「そうだ！　証拠だ！　証拠を出せ！」

「不当な処刑なんじゃないか!?」

すごい一体感を感じる。今までにない何か熱い一体感を。風……なんだろう吹いてきてる確実に、着実に、マリンベル海賊団に。何もしない傍観者はやめよう、とにかく最後までやってやろうじゃん。この広場には沢山の仲間がいる。決して1人じゃない。信じよう。そしてともに戦おう！

「さぁ、処刑に足るだけの十分な証拠があるってのかい!?　言ってごらんよ!!」

その上昇気流に乗るように、マリリンは胸を張って役人に問いかけた。

——しかし役人は一歩もたじろぐことはなく。

「よかろう！　では、これよりこの者らの罪状及び証拠の提示を行う!!」

「ンンッ!?」

「お、おう」

「聞いてやろうじゃん……？」

キッパリくっきりハッキリと言い放った役人の声。拡声の魔道具も使われているのだろう、群衆の声を抑え込み、しっかりと人々の耳に届いた。

「まず放火！　先日のマリンベル商会倉庫の火事だが、これは自作自演であった！　共犯したマリンベル商会の者による証言がとれており、また現場で見つかった焼死体を検死した結果、放火前に首の骨を折られたことが判明。その証言とも一致した!!」

「検死を行った医師です。神に誓って、検死結果がその通りであったと証言します」

「火事の直前、こいつらが厩《うまや》から藁を運ぶところを見ました。私も神に誓います」

と、役人の後ろから医者や馬丁が出てきて補足した。

「あの先生にはよくお世話になってる。間違ったこと言う人じゃないよ」

「神様に誓うってことは、本当なのか……？」

「そ、そうなのか……」

広場で騒いでいた民衆に動揺が走る。マリリンも思わず絶句する。

「更に！　この者らの罪はこれだけではない!!」

そこから更にゴメスの罪状がつらつらと読み上げられる。

放火、殺人はもちろん、詐欺、強姦、窃盗、器物破損、薬事法違反、名誉棄損、神侮辱罪云々《うんぬん》……証拠も併せて提示され、そのたびにゴメスは猿轡を再び嵌められた口で呻く。

「おいおいアイツそんなことまで？　マジか」

「想像以上にヤベーことしてんじゃん。処刑されて当然だったわ」

「むしろこの短期間でそこまで証拠が集まるくらいの悪人だったってこと？」

先ほどとは逆に風が吹く。あまりの内容に、マリリンも開いた口が塞がらない。

「――こちらはマリンベル商会事務所、隠し金庫内にあったこの裏帳簿が証拠だ！　以上、現時点で判明しているこの者らの罪と、その証拠であるッ!!」

ついに罪の読み上げが終わった。

「よって、この者らは反省の余地なしとし、斬首に処す！　異論はあるかッ!?　マリンベル商会会長、マリリン・マリンベル!!」

明確な罪状と、ちゃんとした、ちゃんとしすぎた証拠。

「……え、いや、マジ？　証拠揃ってて被害者への確認もバッチリとか……ガチじゃん」

「ね、捏造《ねつぞう》だ！　ウソだ！　そいつらはお前らに証言を強要されたんだッ――むごっ！」

再び猿轡を外したゴメスに、また猿轡がかけられた。

「むごぉぉぉぉぉーーーーーーー！！！」

想定外だった。これでは普通に、処刑されて当然の極悪人じゃないか。もはや何の言い訳もできない。ここでゴメスを助けようとしたら、マリンベル海賊団全体が同類と見られるのは間違いない。

「あー。ハイ。ここまでのことしてたらアタシも庇《かば》えないわ……ド屑《くず》じゃん。お邪魔しました。……どうぞ続けてください！　文句ないです!!」

処刑台の上でゴメス達が絶望の呻き声を上げているが知ったことか。お前らがそれほどのことをしたのが悪いのだ。同じ船に乗せていたのすら不快である。

「ではアタシはこれにて……」

そう言ってマリリンは踵《きびす》を返す。

「待ちたまえマリリン・マリンベル！　貴様にも捕縛命令が出ている！　先日、不当に商船を襲った罪だ！　大人しくお縄につけ!!」

しまった、とマリリンは顔を顰《しか》めた。それは事実だ。だが、海賊が船を襲うのは仕事である。せいぜい後日罰金程度で、それほどの問題はないはず。事実、今まではそうだった。

「げ……っ」

屋根から飛び降りて、逃げようとしたところで、赤い仮面を付けてはいるが、間違いなくあの女が待ち構えていた。仮面をしていても分かる得意げな顔で。そして周囲は兵士に固められている。

――ここでマリリンは目の前の女を見て思い出す。マリリンベル海賊団を潰す流れを。ここで捕まったらまず間違いなく、マリンベル海賊団は解体される。

やれやれ、と肩をすくめ、覚悟を決めるマリリン。

「やるしかない、か」

……ここに至っては仕方がない。海賊商人はもう諦め、プランBに移行する。

「今後マリンベル海賊団は――海の傭兵《ようへい》として生きるッ！　それがアンタみたいな小娘に負けたとあっちゃ商売前から看板が泥まみれだッ！　だからぶっ潰すッ!!」

「ほう」

女の口角がニィと上がる。好戦的な笑みだ。

「いいよ来いよ。相手してやる、丁重にとっ捕まえて亀甲縛りにしてやんよ」

神器を使うマリリンには、ただの兵士など物の数ではない。警戒すべきは、対処すべきは目の前の女のみ。あとはどうとでもなる。

クイクイ、と手招きする小娘に、マリリンは構えた。

#SideEND

ゴメス達の公開処刑。

なんかこう、首を落とされる人が「俺の宝か？　欲しけりゃくれてやる！　探せ！　この世の全てをそこに置いてきた！」とか言い出しそうな雰囲気が無きにしも非ずな舞台だったが、小物なゴメスはそんなこと言わずただ喚いて暴れるのみだった。

で、そこにノコノコと現れたマリリン船長。マリア婆の策略は見事に成功。亀の甲より年の功ってヤツかな。もうね、マリリン船長が可哀そうになるくらい証拠がゾロゾロ出てきたからね。ホントゴメスってばやりすぎてたわ。マジ凶悪犯罪者。

「よって、この者らは反省の余地なしとし、斬首に処す！　異論はあるかッ!?　マリンベル商会会長、マリリン・マリンベル!!」

「あー。ハイ。ここまでのこととしてたらアタシも庇えないわ……ド屑じゃん。お邪魔しました。……どうぞ続けてください！　文句ないです!!」

そして手のひらを返すマリリン船長。ゴメスが血走った目で不満そうに呻きまくるが、これは見捨てていい。この判断をしたマリリン船長を、広場の誰も責めなかった。

でもこうやって誘き寄せるのがマリア婆の策だ。既にマリリンは兵士達に囲まれていて、民衆に潜り込ませた三下共も捕縛され始めている。


あとは私がマリリン船長を捕まえて靴下を剥ぐだけ、なのだが。

なんかこう、ゴブリンキングの時と同じく、落とし穴で捕獲したらアッサリとコトが終わりそうだ……が！　それは正直つまらない！

だって折角ディア君とコンバットゴーレム装備を開発したというのに！　アイシアにコックピット洗って消臭もしてもらったのに！　ゴーレムの外見も結構手を加えて、スタイリッシュでカッコ良くしたんだよ!?　お披露目させてよ!!（寝不足ハイテンション）

というかディア君も見てんだよ！　拠点から！　ゴメス監視してたのと同じ要領で私とゴーレムの活躍を見せようと思ってさぁ!!

なので私は余裕を見せつけてドヤ顔でマリリンの後ろに回り込んだ。さぁ抵抗して！

「げ……っ」

マリリンは仮面をつけた私を見て嫌な顔をした。……まさか私の正体を見破ったというのか？　裸の付き合いもしてないってのに!!　やるじゃないか……

「やるしかない、か」

そう呟いてから、マリリン船長は私に向かって拳を構えた。

「今後マリンベル海賊団は――海の傭兵として生きるッ！　それがアンタみたいな小娘に負けたとあっちゃ商売前から看板が泥まみれだッ！　だからぶっ潰すッ!!」

「ほう」

なるほど海の傭兵。マリリン船長ってば強気だねぇ。そんな強気な女を無理やり縛り上げて靴下剥いだら、一体どれほどの羞恥心が靴下に込められるだろうか？

きっといっぱい！　わぁいやったね！　処刑台の上で素足晒させてやるよぉ!!

「いいよ来いよ。相手してやる、丁重にとっ捕まえて亀甲縛りにしてやんよ」

こうしてマリリン船長と私の戦いが始まった。

「サモン・マイゴーレム!!」

私はバッと天に向けて手を上げ、空間に穴を開ける。そしてゴーレムをそこから落とした。元々ゴメスが乗っていた戦闘用ゴーレムだったが、背中にバックパック、右手にバズーカ、左手に剣を装備している。腕にはバックラータイプの盾をつけてある。

そして――ずしゃぁあん!!　と地面の石畳を破壊しそうになりつつ着地した。あっぶね。空間魔法でガードしてなかったら煎餅より粉々に割りまくってたわ。


私はゴーレムに向かってジャンプし、空間転移。コックピットに搭乗した。

「さぁ、やろうぜマリリン船長――ってあれ？」

コックピットの中に窓を展開し、３６０度全方位を球体状に視野を確保。しかし目の前にいたはずのマリリン船長がいない。どこに消えた――

『下ですお姉さんッ！』

「何ッ！　うわっ!?」

「うっらぁあああああ!!!」

ゴーレムの股下からマリリン船長が巨大な岩の拳を繰り出した。がつぅん!!　と殴り飛ばされるゴーレム。おいおいゴーレムがどんだけ重いと思ってるんだ――って、これ多分ゴメスも私相手に思ってただろうな。

「ありがとうディア君、おかげで防御が間に合ったよ。下は想定外だった！」

『ボクの方からはよく見えるので、サポートしますね！』

ディア君は私の後方俯瞰《ふかん》、いわゆるＴＰＳ視点だもんな。頼むぜディア君。

私は空中で姿勢を制御し、建物の屋根に着地。そこにマリリン船長が向かってきている。

ほほう。両腕を大岩に変身させ身体が勢いよく押し出された直後に変身解除、とすることで、爆発的な推進力でジャンプしているようだ。

「ハハッ、いいじゃん船長。それでこそだよ！」

私はゴーレムのバズーカを撃つ。バフン！　と煙と共に弾が発射され、マリリン船長を捉える。空中でポン！　と弾が爆《は》ぜ、仕込んでいたネットが広がった。

が、マリリン船長は両手をネットよりも大きなウツボ――シーサーペントに変えて払いのけてみせる。

「アッハ！　効かないねぇ！」

両腕シーサーペントがゴーレムの腕に噛みついてきた。持ち上げられながらぐるんぐるんブン回されてしまう。おーう、Ｇが掛かるぜ……と、勢いがついたところでゴーレムは投げ飛ばされた。ポーンと。

『どうやら海に向かっているようですね』

「ほう。オッケー、乗ってやろうじゃないの」

私はゴーレムを着地と同時にジャンプさせ、海の方を向く。石畳のメインストリートに着地。空間魔法で保護し傷はつけない。そのまま人を巻き込まないように、ホバー移動の要領でズザザザッと海への移動を開始する。

「変な動きを……チッ、生意気なガキだ。どういうつもりだい？」

「なんの。全力を出して、それでも私に勝てなかったら……もう恥がヤベーっしょ？」

「マリンベル海賊団は、アタシは、負けやしないよッ!!」

殴りかかってきたのでスライド移動で避けた。あっはっは、たーのしー！

バチバチと殴ってくるのを腕のバックラーで受け止めつつ走っていると、すぐに海が見えてくる。が、港は通り過ぎ、目的地はもう少し先だ。おっと、兵士が道を塞いでいる。危ないじゃないか、退いて退いてー。

「うわああ!?」

「おわわ、押すな……ああー！」

ごめんねー、と軽く謝りつつ、他に退ける先がなかったから海に落とした。私のアシストにマリリン船長が悪態をつく。

「くっそ、ナメやがって」

「え、舐めていいの？　おへそとか!?」

『何言ってるんですかお姉さん!?』

「テメェ、絶対泣かす!!」

こうして、マリリン船長と無事海賊船の下へたどり着く。

「アタシに本気を出させたこと、後悔させてやっからなァ!!」

「ああん、航海だぁ？　いいぜ出航させてみろよォオ！」

「意味不明なこと言ってんじゃねぇクソガキがッ!!」

後悔と航海を掛けた激ウマギャグ（徹夜テンション）だったのだが……あ、言語が違ったのかな。分かんねぇや。

で。いよいよ私は本気のマリリン船長と相対することになったのだ。


「ポセイドン!!」

マリリン船長が海賊船にひと跳びで乗船すると、呼応するように船体がカッと光った。

「海神の真の力を見せてやんよ！　ショゴス！」

船長が胸の谷間から紫のオーブを取り出す。そして、甲板に押し当てた。

すると――

——海賊船を中心に、海に４つの渦が生まれた。いや、海面から持ち上がり、まるで竜巻のように立ち昇る。同時に海賊船はその中心に浮き上がっている。

「はぁぁあああ!!」

マリリン船長の雄叫《おたけ》びに呼応し、渦が海賊船とくっ付いた。まるで、海賊船を胴体とした四足歩行の獣だ。海に浮かんでいたボートがその渦の足に踏まれ、バラバラに砕けて呑《の》み込まれた。

「これぞマリンベル海賊団最終奥義、海獣《かいじゅう》モードだッ!!」

船首に足をかけ、地に立つ私を見下ろすマリリン船長。その顔は勝利を確信していた。

『こ、これは……いけますか、お姉さん!?』

「すっごいねぇ!!　いけるいける！　私達のゴーレムなら勝てるよッ！」

素晴らしい！　これは……これは映《ば》える!!

「いつまでその余裕が保てるかなッ!?」

海獣が、私を踏みつけんと足を上げる。私はそれをホバー移動ですり抜けながら、渦の足に向かってバズーカを撃ち込んだ。今度は捕縛用のネット弾ではなく、圧縮空気の爆発弾だ。

命中。ドゥン!!　と圧縮空気が炸裂《さくれつ》し、渦を一瞬よろめかせた。

「おおっ、硬い!?　この渦なんか硬いんだけど!!」

「ハハッ！　ポセイドンの絶対防御さ！　この攻守一体の渦足は、何人《なんぴと》たりとも打ち壊せない！　どーだ参ったか!!」

「なるほどなるほど！」

ガチャコン！　とバズーカと剣を背中のバックパックに仕舞う。そして次の武器を私は構えた。両腕に、火炎放射器ッ！

「ヒャッハーーーー!!」

ごぅうぅん!!　と火柱が火炎放射器から撃ち出され、渦の足を炙《あぶ》る。

『お姉さんこれ相性悪いですよ!?』

「……確かに！　この量の水相手じゃ焼け石に水！　相手の方が水だけどッ!!」

これ生成&複製したアルコールと木屑を上手くバラまいて燃やしてるだけだから、あんまり攻撃力自体は無いんだよねぇ。

「無駄無駄ぁ！　げほっ！　げっほ!!　って煙いわッ！　燻製《くんせい》にする気かッ!?」

あ、でも煙が地味にマリリン船長にダメージの模様。

とはいえやっぱり攻撃としては微妙なので火炎放射器を背中にしまう。ちょっとやってみたかっただけなんだ、すまない。

「じゃ、次はコレッ！」

今度は右手のパーツを丸ごと換装。その手はドリルになった！　ギュィイイインと高速回転するドリルは、相手を抉《えぐ》る——抉……うーん、よく考えたら渦の足は抉ったところでダメージねぇな？

『お姉さん、本体っぽい船を狙いましょう！』

「そうだね！　ほあちゃぁ!!」

というわけで、私はターゲットを海賊船の船体に定めた。足を避けて高くジャンプ。そして、ドテッ腹にドリルアタック!!

「ッ！　やたら身軽なゴーレムだねぇッ!?」

ガリギギギュイキキキキイイイイイイイイ!!　と金属の擦《こす》れる嫌な音。

「ひぁ!?」

「おっふ!?」

『みゃうっ！』

黒板を引っ掻くより数倍やべぇ音波攻撃に、私は一瞬気を失いかけた。マリリン船長も恐らく。故に、バキッ、ゴリュンッ！

と、船体に小さな穴を開けることに成功した。おー、やったぜ初ダメージ。

『お、お姉さん！　追撃を！　爆弾を穴に入れちゃいましょう！』

「ふぁー、あいよぅっ！」

ディア君の指示に従ってその穴に私は筒を投げ入れる。穴にピッタリサイズのそれは、空間魔法のアシストもありするりと船内に入る。バゴォォォン!!　と、炸裂音。うん、手榴弾《しゅりゅうだん》だね。まぁ火薬ではなく、これもまた圧縮空気をこれでもかと詰め込んだタイプの爆発物。とてつもない量の空気がコンマ1秒も満たない時間に一点で解放され、船内は大暴風に包まれる。

その船体内側からの爆発に巻き込まれ、私はゴーレムごと吹っ飛んでしまった。が、それはつまり、ゴーレムを吹き飛ばすほどの爆風と共に、船体にそれはもうドデカい大穴が開いたわけで。

「ああああ!?　て、てめ、てめぇ！　何しやがったッ!?」

「なぁに、ちょっとした風魔法みたいなもんさ」

『って、中に人が入ってたりしませんでした？　今更ですけど』

「大丈夫、マリリン船長以外誰も乗ってないっぽい！」

ちなみに現在の海賊船、マリリン船長以外の乗員は０人だ。スキャン済みよ。もし船内に人が居たらヤバすぎるからねこの爆弾。きっと私と戦うことを想定してあらかじめ降ろしていたんだろう。他の船員が足手まといになると理解《わか》っていたとみえる。

が！　それはつまり私も遠慮しなくていいってぇことなんだよなぁ！　おっじゃまっしまーーーす!!

私はゴーレムに乗ったまま船内に侵入する。本来はゴーレムで行くには狭い通路だが、先ほどの爆発でだいぶ片付いていて、なんとか通れないこともないッ！

目指すは船長室ッ！　タンス漁《あさ》るぞタンス！　下着と靴下詰め放題――うぉん!?

ぐんっ、と私の身体が外に追い出された。ゴーレムを残して。港にずしゃっと転がされる私。ぐぅ、無敵状態《スターモード》じゃなかったら擦り傷だらけだったぞオイ！

「乗船拒否ッ、間に合った……っ、はぁ、はぁッ」

「チッ。やるじゃないかマリリン船長」

というか今普通に転移させられた。前は空気に押し出される感じだったのに。あ、ゴーレムに乗ってて外に出せなかったからかな？　すごいな神器。

「ふぅ、アンタの自慢の武器、あのゴーレムは頂いたよ？　さぁ、降参しな……ッ」

「おやマリリン船長。ご存じない？」

ふふふん、と私は私を見下ろすマリリン船長に向かって笑いかける。

「何をだい？」

「ゴーレムには、自動操縦機能があるんだなぁ……！」

「なっ!?」

船内に残したゴーレムが、私が乗っていないのに探索を再開する。正確には私が空間魔法で遠隔操作してるだけだけども！　さぁ！　大人しくタンスを差し出せぇい!!

「そしてゴーレムは人にあらず！　乗船拒否とかの対象にならないんじゃぁない!?」

「う、うらぁああああっ!!　どっせぇい!!」

が、ブンブンッ！　と船が激しく揺れる。ガシャン、ガチャン！　と揺らされて、ポンッとゴーレムが船体の穴から転がり落ちてきた。

「うげ、はぁ、はぁッ、ゆ、油断も隙も無いね！　ポセイドン本体を狙うとは……ッ」

『なるほど、それはいいことを聞きましたね。本体をどうにかすればいいそうですよ？』

「――だね！」

うん、タンスしか見てなかったわ。次はあの水晶玉を狙ってみよう。

「ゴーレムが帰ってきたし船体に大穴は開いてるし、もう1回いってみようか！」

そして船長もだいぶグロッキーだ。

「舐めんじゃ、舐めんじゃないよッ!! ショゴスぅううう!!」

カッ!! とまた船体が光った。——次の瞬間、海賊船に開いた穴は、綺麗さっぱり消えていた。

「おげ、ふぅ……ふぅ……ど、どうだいッ！ こんなダメージ、なんてこたぁない！」

ほほう。確かに船は綺麗さっぱり新品同様。

「でも、露骨に船長疲れてんじゃん。大丈夫？」

『渦の足も細くなってますね』

あら本当。うーん、てっきり神器って道具任せで楽できるモンだと思ってたんだけど、現状のマリリン船長見るに、何かしら消費したりしてるんだなぁ。多分魔力とか。

「こんなもんッ！ 若さと気合でッ！ なんとでもなるわッ!! ゼーッ、ゼーッ……」

「息も絶え絶えじゃん」

というか……

「あと今『若さ』って言ったけど……その、前領主夫人の3歳下って聞いたよ？」

『……エルフには見えませんね？』

「そうなの？　ディア君が言うなら確かだね。ってことは、すごい若作りってこと？」

「ッッ!?」

あ、船長がピキッと固まった。

「……あれ？　マリリン船長？」

「だ、だ、だ……誰がババアじゃぁあああああああああああああ!!」

瞬間、フッと船を持ち上げていた渦足が消え、海賊船に開いた大穴が再び現れる。そして、より巨大な水柱が海賊船ごとマリリン船長を呑み込んだ。

船長を取り込んだ水柱は、そのまま海水で船長の姿を形作る。水の巨人となったマリリン船長が、ざばぁと海から顔を出すように現れた。

やっべ。女性に歳の話はNGだったわ。

#Side前領主夫人

作戦は成功した。予定通りマリリンを誘き出し、カリーナというジョーカーをぶつけることができた。カリーナが天から戦闘用ゴーレムを呼び出した時には石畳をボロボロにされるかと思ったが、比較的軽微な損害で済んでいたし、そもそもある程度は許容範囲内。民家に被害があっても損害補填の用意がある。

そして、マリリンはゴーレム相手に互角の戦いを繰り広げながら港へ向かっていった。

不思議とあの2人が港に向かう道すがら、砕けたであろう屋根や石畳は大した損害ではなかったものの、遠目から見てもとんでもない事態になっていた。

「な、なんだいありゃぁ……」

マリンベル海賊団の海賊船を中心とした嵐の獣。四つ足の巨大な化け物。港の方で生まれたその獣は、少し離れた場所にあるこの広場からも見ることができた。

「マリリン船長ーーー!!」

「うぉおおお！　これは勝った!!　俺達の逆転勝利だぁあああ!!」

「船長は俺達を見捨ててなかった！　うぉおおおーーーーー!!!」

処刑台に繋がれたとりわけ救いのない死刑囚がそれを見て騒ぐ。先ほどマリリンからもド屑判定を受け、救出を放棄されたのを忘れたのだろうか。

だが確かにあの化け物を見て、広場に集まっていた見物客は慌てて逃げ出し始めている。

これは処刑どころではないのは間違いなく、少なくとも今は命を繋いだと言えよう。

そして高台から双眼鏡を覗き込めば、四つ足の化け物に、挑むゴーレムが1体。カリーナの戦闘用ゴーレムだ。

手に持ったゴーレムサイズの銃を撃ち足を攻撃する。一瞬よろめいたかのように見えたがすぐに持ち直され、巨大な火を放つがさほど効果もない。これは分が悪いか、と思いきや、飛び上がったゴーレムが中央の船を殴りつけた。


船体に穴が開き、カリーナが何かしたのだろう、その穴がさらに爆発するのが見えた。

これにはさすがの化け物もふらつく。そこに改めてゴーレムが入り込んでいった。体内に入り込んだ異物に苦しむ化け物。ぐわんぐわんと身体を激しく揺らしている。

かなりのダメージを与えて、ゴーレムが穴から飛び出てきた。次の瞬間には船が光り、穴が塞がる。それだけ見れば一見ノーダメージに見える。

「だが、ありゃぁ相当苦しそうだね。外見を取り繕っただけってのが見え見えだ」

「そんな、船長……！」

「まだだ！　船長はまだやれるぅ!!」

遠くから見ていても焦燥が分かる。足を構築している竜巻が細くなり、今にも崩れそうになっていた。このまま押せばカリーナの勝ちだろう……と、竜巻が消えて海に落下する船が見えた。決着がついたか——そう思った次の瞬間、本気の奥の手と言わんばかりに、巨大な女が、水の巨人となったマリリンが海から起き上がった。

『————じゃぁあああああああああああああああああ！！！』


身体を起き上がらせると同時に、魂を震わせる咆哮《ほうこう》が、ヴェーラルドの町に響く。

海から上半身を持ち上げた巨大マリリン。下半身はないのか、それとも海の中なのか。

海賊船をあたかも船長帽のように頭に被り、ぶぉんと手を振り回す。狙うはカリーナのゴーレム。だが、ゴーレムはその腕をバヒュンと爆発するような移動で躱《かわ》す。瞬間瞬間で、まるで伝説の空間転移《テレポート》のように位置を変えるゴーレムに、巨大マリリンは攻撃を当てられない。

だが、逆にゴーレムの攻撃も巨大マリリンに通じない。相手がデカすぎる。人間よりいくらか大きいはずのゴーレムがネズミに見えるサイズ差なのだ。

「くぅ、こんなの、どうしろってんだい……!?」

だが、ゴーレムは、カリーナは諦めていない。

その銃を撃ち、バゥンバゥンと爆発を起こして巨大マリリンを攻める。——一瞬は、効果がある。腕や身体に穴が開き、弾けた水が海に落ちる。しかし、すぐさまその穴は塞がるのだ。先ほどまでとは違い、力がみなぎっているように思える。よく見ると、巨大マリリンの体内には水の中だというのに干からびた魚が浮かんでいた。

マズい。このままでは倒せそうにない。前領主夫人としての直観がそう告げている。

「……ッ!!」

そして気が付いた。水は、そして力は、海から吸い上げられている。つまり、あの巨大マリリンが海にいる以上、永遠にその身体は復活するのだ。

「しかし逆に言えば……ッ！　テレサ！　カリちゃんに声を届けな！」

「はっ、マリアンティーヌ様……エアロボイスッ！」

侍女に命じ、ゴーレムに向かって声を飛ばす。

「カリちゃん聞こえるかい!?　そのデカブツ、海から水と力を吸い上げてるよ！　陸《こっち》においで!!　海から切り離すんだ!!」

あの巨人が歩けば多少家が潰れるだろうが、それでも倒せないよりはマシだろう。既に兵士達によって住民の避難は済んでいる。人的被害が出なければ、万々歳だということにしておこうかね……！

#SideEND

女性に年齢の話はタブー。その禁忌を踏んだ私は、非常に困った事態に陥っていた。

「うーん、やっちまったなぁ……！」

マリリン船長、激おこである。ゴーレムに乗ったふりしてコッソリと物陰から空間魔法でゴーレムを操り、超絶機動で巨大マリリン船長の相手をする私。しかしなんということでしょう、圧縮空気の爆発弾も効果ありません！　すぐ回復されるの！　そんで、近接攻撃を仕掛けようものなら水に取り込もうとしてくるの！

「さて、どうしたものかねー」

『お姉さん、お姉さん。ちょっといいですか？』

「おや？　どうしたディア君」

『今、ゴーレムの後ろに繋いである窓の方から聞こえたんですが、前領主夫人からメッセージが届きました。水と力を海から吸い上げてるようです』

言われてみれば、穴が開くとそこを塞ぐように水が吸い上げられているし、中に入ってる魚は水の中なのに干物のように干からびてる。恐らくエネルギーを吸い取っているのだろう。

抉れて吹っ飛んだ水も海に落ちているので水は尽きることがなく、この海の生命力が尽きるまでは永久機関……いや、これマジで海を相手にしてるようなもんじゃん。

『なので海から切り離せば倒せるんじゃないかと。前領主夫人も陸上に釣り出して戦っていいとのことです』

「あ、いいの？　オッケー分かった！」

いやー、ディア君がメッセージ聞いててくれて助かったよ。私物陰にいたからね、普通に聞き逃してたわ。

というわけで、私は改めてゴーレムに乗り込みつつ、あの処刑広場へとゴーレムを走らせる。ゴーレムに釣られて、巨大マリリンがずるんと海から上がってきた……って、上半身だけじゃん。下半身ないのかよ。足をつけろ足を。水の巨人からは靴下を回収できそうにないな、残念。そもそも穿いてないか。

「ォオオオオオオオオオオオ…………!!」

広場に向かう大通りをゴーレムでズザザザと駆け上がる。そして巨大マリリンはばしゃん、ばしゃん！　とこれまた巨大な手で這《は》って追いかけてきた。建物が壊れないように空間魔法で保護するサービスもしてあげよう。さぁさぁおいでー？

「鬼さんこちら、手のなる方へーっと！」

「――ダァアレガオニババアダァァァァァア!!」

「そこまでは言ってないよ!?」

バズーカで爆発弾を叩き込むと、ばしゃぁ！　と水が抉れて地面に落ちる。半分くらいは再び身体に回収されるのだが、地面に吸われた分だけ、マリリン船長は小さくなっていく――おおっと、海賊船が頭からずり落ち、がしゃぁん！　と地面にぶつかり瓦礫《がれき》になった。……ポセイドンの本体、水晶玉だけが体内に取り込まれている。

というか、マリリン船長の姿が見えないんだけど。まさか、完全に水に変身しちゃってるってこと？　それじゃあ靴下回収できねぇんだけど!?　と思ったら、服だけ水の中に浮かんでいた。……まだ回収チャンスはありそうだ。

『お姉さん、広場に着きましたよ！』

「オッケー。ディア君、引き続きサポートお願いね」

見物客は全員避難してて、残ってるのはマリア婆と兵士と処刑予定のゴメス達のみだ。

「って、なんでマリア婆達残ってんの？」

「私ゃここの責任者だよ!!　見届ける義務があるってなもんだ!!……っていうかカリちゃんが普通に倒せそうだから残ったんだよ。大丈夫だよね？」

「あぁうん。まぁ大丈夫そうだけど」

なるほど。責任者って大変だなぁ。一応マリア婆達は守っておこう。結界ほいっと。

と、マリリン船長がやってきた。ここまでバズーカで水を散らしつつやってきた分、巨大マリリン船長はゴーレムと同サイズにまで縮んでいた。そして、小さくなったからか足がちゃんと生えていた。いまだに全身水だし服は体内に丸められているが。

『このままバズーカで押し切りますか？』

「……いや、これは――！」

びみょん!!　とマリリン船長の手が伸び、枝分かれし、触手となりゴーレムをからめとるように襲い掛かってきた。スライムのように硬い水。その体積が明らかに増えている。

「む!?……吸われてる!?」

ほんのちょっぴりだが、ちゅるるるるっとストローで吸われるかのように、ゴーレムを取り巻く魔力がマリリン船長に奪われる。むむむ。

「ミナギル……ミナギルゾォォォォオオオオ!!!」

と、さらに背中から水の触手が伸びる。それらは周りにいたマリア婆やゴメス達にも襲い掛かってきた。だがそちらには結界を――ッ!?

「馬鹿なっ！　空間魔法の結界を!?」

物理的に無敵な、透明な空気の壁を張っていた。それが破られてしまったのだ。マリア婆と兵士はとっさに転移で領主の館まで避難させられたが、ゴメス達はマリリン船長に奪われてしまった。

「助けてくれるんだ！　さすが船長――ぉ？」

「あが、ま、マリリン、船長……やめッ!?……ッ!!」

「そんな、どう、して……」

急激にシワシワになる死刑囚。それはまるで、マリリン船長の中に浮かんでいた魚達のように。奪われているのだ、エネルギーを。

「ワカサミナギルッ！　ミナギルゥゥウウ!!」

ぶわっ、とマリリン船長から衝撃が広がり、一拍遅れてばぅんと石畳がへこんだ。空間魔法でガードしていたにもかかわらずだ。……くっそ、空間魔法が通用しないってことは神器パワーか！

カラカラに干からび、打ち捨てられる死刑囚達。老人を通り越してミイラだ。息もしていない様子。

「ミズミズシイハダァアアアアア!!」

瑞々《みずみず》しいっていうか水じゃん船長。

『うぇ……お姉さん、あの姿を維持するのにはかなりのエネルギーを使うみたいです。補充さえさせなければ……すぐに動けなくなると思います！』

ディア君の観察眼。頼りになるなぁ。

「むむ。それならやるべきは……徹底的な足止めか。それと、餌の補給を止めること！」

しかし、恐らく私の動かすゴーレムや空間魔法も餌たりえてしまう。私の魔法で留《とど》めるのは餌をあげ続けてしまい無意味だ。

――と、私は閃いた。つまり、魔法を使わず足止めできればいい。そのためのアイテムを私は持っている！

収納空間から小袋を取り出す。

「こいつを……くらえぇい!!」

「ウガァッ!?」

ばふん!!　と、白い粉が舞う。その煙幕に紛れて、水マリリン船長に空間魔法で粉を丁寧にぶち込んでやる。その際にちょっぴり魔力を吸われたが、必要経費だ。これ以上は餌をくれてやらん。

『お姉さん、それは？』

「ああこれ？　大したものじゃないよ」

答えようと返事した直後、水マリリン船長が盛大にすっ転んだ。

立ち上がろうとするゴーレム大の水マリリン船長。だが、手を突いてもずるんっと滑り、
ばちゃんと転がる。

『何を投げたんですか？　毒ですか？』

「いんや、なんも身体に悪いものじゃあない――ただの粉末ローションさ!!」


そう。ハルミカヅチお姉様のお使いで購入した、上物の粉末ローション。それを取り込ませた今、全身水だったマリリン船長は、全身がローションと化していた。そしてまたコケた。ローション風呂とかローション相撲とかそんなレベルじゃあない。なにせ身体が丸々ローションと化してしまったのだから。

水の身体はヌルヌルと滑《ぬめ》り、何とか立ち上がっても生まれたての子鹿のようにプルプルと震えている。そして大きな身体はバランスがとりにくいらしく、ゴーレム大の身体がコケるたびに地面に激突。水が散る。

ぬるん、べちゃっと地面にヌルヌルが広がり、ますます立てなくなる。小さくなりながら、ローションをまき散らし、船長はどうにか抜け出そうと足を踏み出すが――

「ほらどーん！」

圧縮空気を作り、船長を逃がさないように爆発させる。爆風自体にはなんの魔力も籠っていないため、船長もエネルギーを吸収できない。水の触手を伸ばしても押し戻してやる。逃がさない、逃げられない。船長は、ついに人間サイズにまで小さくなってしまった。

「……ッ、ハァッ、ハァッ！」

「あらあら、随分小さくなったねぇ」

「ウ、ウァアアアアアアアア!!」

私に向かってこようとしたが、またコケた。

「そろそろ服を着たら？　服を着れば、滑らないかもよ」

「!!」

私の発言に、船長は服を身体の中から取り出して着始める。服の中に入り込む形で服を着るマリリン船長。半分スライムっぽくなってるな。

「……コレデ——!!」

だが、服を着ても周囲に散ったローションは残っている。ましてや、その服はローションまみれで、着たところで焼け石に水だった。

「ウグ、ウググ……！　ダマシ、たなぁ!?　小娘がぁああ!!!」

「いやぁ、滑らないかもって言っただけだし」

叫びながら船長はぱしゅんっと水の身体が解け、生身に戻った。ごろん、と白い水晶玉――神器ポセイドンが転がった。

「あらあら。変身が解けちゃったね」

「……はぁ、はぁ……おげぇ……」

ばしゃ、と水を吐く。いや、ネトッとしてるからローションのようだ。

「あ……！」

と、吐いた中に紫のオーブがあった。船長はそれを見て驚きつつ、慌てて掴む――が、ローションまみれの宝玉は、つるんとその手の中から飛び出してしまった。

「ッ!!　あ、しまっ！」

「はい、いただき！」

空中を飛ぶ紫のオーブ。私はそれを、すぽっと収納した。収納空間に入れちまえば、ローションは関係ないからね。

「っ!!　ぽ、ポセイドンだけでも、渡さな――」

「残念、没収《ぼっしゅ》ート！」

変身が解けた時に転がった水晶玉に覆い被さる船長。だが。その下に穴を開けて収納に落とせばどうしようもない。なんとか掴もうとしても、やはりローションが邪魔をする。

まさかここまでローションが効くとはね……！


「カリちゃん!!」

「お、あれ。戻ってきたのマリア婆」

と、領主の館まで避難させておいたマリア婆が護衛の兵士達を伴って戻ってきた。ミイラになった死刑囚達を一瞥《いちべつ》し、蹲るマリリン船長を見る。それから、思っていたより壊れていなかった広場を見て、ホッと息をついていた。

「……どうやら、決着はついたようだね？」

「うん。あ、そこらの水たまりすごく滑るから気をつけてね」

と、ローションの水たまりを示す。


「あ、ああ、あああああ!!」

マリリン船長が悲鳴を上げる。身体を抱きしめるようにして、天を仰ぐ。

「……んん？　ん!?」

「こりゃ……どうなってんだい？」

そして、マリア婆と私は目を見開いて驚いた。マリリン船長が、老婆と化したのである。

色褪《いろあ》せた赤髪、落ちくぼんだ眼孔、しわだらけの身体、ストンと垂れた胸……まさか神器の代償!?　なんてこった、あの美貌が……おっぱいが……太ももが……ッ！

「ああ、嘘、嘘！　こんな！　アタシの力が！　若さがぁ!!　変身が解けてッ！　ひぃいい、しょ、ショゴスを、ショゴスを返せぇ！　私の、美貌ッ！　永遠の若さッ！」

その嗄《か》れた声を聞いて、しわくちゃな手を見て、老婆となったマリリン船長は盛大に狼狽《うろた》えた。私に掴みかかろうとして、ローションの水たまりで足を滑らせ転んだ。

「変身?……そうか、変身。さてはアンタ、歳取らないフリして、ずぅっと若い女に化けてた、ってことかい!!　カッカッカ！」

「おお、なるほど」

よくよく考えれば、今のマリリン船長は『マリア婆の3歳下』と言われた時に何の違和感もない姿だった。なるほど……あの美少女船長が歳を取るとこうなる、と。言われてみれば順当な加齢。マリア婆の護衛の兵士達も今のマリリン船長を見て驚いている。

「あ、や、マリアンティーヌ!?　み、見るなッ！　見るんじゃなぁあい!!」

マリリン船長は、身体を丸めるように縮こまった。

……うーん、にしても老婆かぁ。つまりマリリン船長の真の姿が老婆だったってことだよね？　神様の査定的にはどうだったか。美少女の靴下じゃなくて。あ。でも男でもディア君の靴下はとてもお喜びだった。それによく考えたらコレ、今の状況。羞恥心って点で考えたらすごく高ポイントなんじゃない？　おお、いける気がしてきたよ！

「とりあえず回収しとくか！　マリア婆、ちょっと押さえてて、靴下脱がすから！」

「え？　えーっと。……あっ、おーい！　そこの兵士も手伝っておくれ！」

「ひ、人を呼ぶなッ！　呼ばないでッ!!　お願い、いやぁああああーーーー!!!」

ショゴスを失ったマリリン船長は、ただの老人と変わらぬ力しか出せず、マリア婆と兵士達の手伝いもあって、私はマリリン船長からストッキングを回収することに成功したのである。ローションでぬるんぬるんである。

……あんなにムチムチしてた太ももだったのに、ゆるゆるでスポッと簡単に脱がせられたのには、どうにも寂寥《せきりょうかん》感を覚えざるを得なかった。

エピローグ

で。端的に言って、マリンベル海賊団は解体された。

マリリン船長の暴走に巻き込まれてゴメス含む幹部も居なくなり、海賊団をまとめる人物は誰もいなくなった。トドメに、海賊船も粉々になってしまい修復不能ときたもんだ。これでどうやって海賊団を続けられるというのだろうか？　いや無理だ。そういうのをゴリ押しできる神器ショゴスとポセイドンは私の方で回収しちゃったからね。

しかもマリリン船長も超人的な力は全て失い、しわくちゃの老婆となっており鉱山送りの予定だが……正直このマリリン船長がどれだけ耐えられるかは不明。

「不老の美女が働くとなったら囚人共の作業も効率よくなると思ったのだけどねぇ」

「なんかその、ごめん？」

超人美少女なマリリン船長ならともかく、あの老婆じゃねぇ……まぁ、元々の船長だといつ脱走されてもおかしくなかったから、平和と言えば平和でいいんだけど。

ま、そこらへんの面倒事は全部マリア婆に丸投げだ。そもそも私にできることは何もない。いや、できること自体は色々あるんだが、手を出す権限も義務もない。マリア婆も「ここから先は人間の仕事だよ」とのこと……あれ？　さりげなく私のこと人外とか言ってる？　まぁいいけどさ。

私は領主邸、前領主夫人の部屋から町の復興工事を眺める。とはいえ、思ってた以上に被害が少なかったので数日で完全復旧するらしい。バリア張って守った甲斐があるってもんよな。マリア婆は私に報酬を渡しても良い……いや待て。そもそも私が遊んだせいで破壊されたとこあるしトントン、むしろ完全に防げたはずがちょっと破壊した＆されちゃったあたり私に責任があると言えなくもない……

……何も言われなかったら何も言わないことにしよう！　よし！

「で、これからどうするんだいカリちゃん？」

「ん!?　これからって？」

「エルフのあの子とか、世界の崩壊を防ぐ旅とかをどうするのって話さ。今回、神器を2つも対処したんだろう？　どうなんだい？」

ああうん。そっちか。

「ディア君は私が責任をとって守るよ。あと神器は回収したけどたった2つだし、大して変わりはないと思う」

2つも神器を持ってくなんて、と言われてしまったが、今回の報酬としてこの2つの神器は貰ってくからな。返さないからな!!

「そうかい、10年で崩壊する未来はまだ変わらないのか」

「あ。それはそもそも神様が見捨てない限りは世界が崩壊することもないから安心して」

「……つまり、カリちゃんが頑張ってるうちは大丈夫ってことかい？」

そうなる、かな？　私が頑張って良質な靴下を回収している間は、あの神様なら見捨てたりしないだろう。

「ま、少しやりたいこともあるし……のんびりやってくよ。少なくともマリア婆が生きてる間は大丈夫だと思うよ？　これから100年生きるってんなら分からないけど」

「そうかい。私ゃ孫に世界を残してやりたいから頑張っとくれ」

「はーいよ」

のんびりとお茶をご馳走《ちそう》になり、また今度ということになった。

＊＊＊

そして、私の手の中には2つの神器があった。その中でも特に気になるのはショゴスである。

「ってか、回収した神器は必ず納品しなくちゃいけないとか自分で使ってはいけないなんて話は……ないんだよなぁ！」

そう。私には一つやりたいことがあった。否。ヤリたいことがあった！

それは前世の私の無念を晴らす——童貞を捨てるということだ！　今現在美少女な私は処女ではないわけだが、ならば童貞も捨ててしまいたい。もちろん人を殺すという意味ではなくエッチな方の意味でだ。

つまり、このショゴスを使って前世の姿になって致せれば、それはすなわち前世の私の童貞を捨てたも同然、いやむしろ身体も心も完璧に一致だから捨てたことになるはず！

お相手については、申し訳ないがアイシアにしてもらおうと思う。奴隷なアイシアは私のエッチな命令にも逆らえないはずだからね……フフフ……！

「はい、かしこまりました」

「え、いいの？　え、エッチなことするんだよ!?」

「何か不味いことでも？　ああ。ディア様には内緒の方が良いでしょうか？」

「あ、うん。そだね……」

あっさりと了承されてしまった。私はアイシアを私の部屋に連れ込み、早速ショゴスを使用する。

「――さあショゴス！　お前の力を見せてみろぉ!!」

ぐ、っと宝玉を握りしめ、私は前世の自分に変身しようと試みる。――試みたのだが、うん、その、何も起きないぞ？　魔力流してもダメそう。

「……あれぇ？」

この神器壊れてる？　とツンツン突《つつ》いてみる。

「あの、あるじ様？　どうされました？」

「おっとアイシア。いや、神器がうまく動かなくてさ。ちょっと使ってみてくれる？　好きな姿に変身する神器なんだけど」

と、アイシアにショゴスを渡して使ってもらう。

「では……あるじ様になぁれっ！――おおっ」

うにょん、と姿が歪《ゆが》んで、アイシアは私の姿になった。姿見で身体を確かめつつ、ぺたぺたと顔を触っている。

「本当にあるじ様になりました！　あ、すごい。あるじ様だ私……えへ、えへへ」

「うん、その、どういうカンジで使ったのかな。私も使ってみたんだけど、うまく行かなくてさ」

「え？　なんかこう、あるじ様に変身しようとしたらすぐ変身しましたよ」

つまり深く考えずにお手軽に使えるようだ。一旦返してもらう――と、すぐにアイシアは元の姿に戻った。完全に手放して数秒で変身が解けるらしい。

「……ショゴス君、頼む！　私を変身させておくれ……！」

この際前世の私自身でなくてもいい。そうだディア君だ。ディア君になればおちんちんがあるしイケんじゃないの？　と念じる。念じる、も、まったく変わる気配がない。

「ええーい！　この不良品神器め！　あ、自分の身体より小さいとダメとか？　ならブレイドパイセンに変身！」

高く掲げるも、しーん、と沈黙を保つショゴス。

「ど、どおしてぇ……!?」

「不思議ですねぇ……」

首をかしげるアイシア。仕方が無いので今日は解散、私は専門家に話を聞くことにした。


「カリーナちゃん、いらっしゃーい」

「神様！　この神器不良品なんです！　新品と交換してください!!」

そう、神器といえば神様！　神様ならどうとでもしてくれるはず！　私は教会に駆け込んで、神器ショゴスを突きつけた。

「あはは。そりゃーそうですよ。だってカリーナちゃんの身体は私が作ったんですよ？

忘れてましたか？」

「……それは覚えてますが、何か関係が？」

「神様が作ったってことは神器ですよ。人間神器です」

まじか。私、神器だった。

「そしてガッツリ力を入れて作ったので、神器同士の格でいえば圧倒的にカリーナちゃんが上です。ただの変身アイテム程度にその姿を変えられるわけないじゃないですか」

「えぇ……」

「まぁ中身はただの人魂《じんこん》なんで、精神的なところはガッツリ食らいますが」

つまり肉体的には神器の影響を殆ど受けないらしい。

「あ、それじゃあ毒とかも効かなかったり？」

「普通に効きますよ。効かないのは神器の影響だけなんで」

例えば『相手を毒状態にする神器』の影響は受けないが、『毒を生み出す神器』が生み出した毒は食らうらしい。そして普通の毒も効く。

「……なんちゅう不便な体質……ッ!?」

「あ。いざって時に薬が効かない体質の方が良かったですか？」

「いえッ！　ありがとうございますッ！」

私はビシッと神様に感謝の敬礼をした。

「じゃ、ショゴスとポセイドンは要らないみたいですし回収しますねー」

「あっ……あ、はい」

ショゴスと、収納に入れていたポセイドンが持っていかれた。……ちょっと惜しいな、と思いつつも、神様に持っていかれてしまったので諦める。

「んじゃ、定額500SPが2つ分で1000SPですね。わーお金持ち！」

「うっす！　あざーっす！」

ちゃりーん、残高1660SP。いやぁこれはそろそろ使ってもいい気がしてきた！


「さぁさぁ！　それじゃあお待ちかね。海賊の靴下《おたから》を寄越すのです！」

今まさに海賊からせしめた神器《おたから》を持っていった神様がかむかむと手招きをする。

「神様にとっては神器より靴下の方がお宝なんですね」

「いくらでも作れる神器《オモチャ》より、靴下の方が価値が高いのは確定的に明らかでしょう？　何を今更」

まぁ神様にとってはそうなるのか。と思いつつ、私はマリリン船長から強奪したストッキングを取り出した。ローションまみれで内も外もぬるんぬるんのぐっちゃぐっちゃである。いいのかなこれ……と思ったが、神様は構うことなくひったくるように受け取った。

「きちゃぁああ!!　マリリン船長の超絶羞恥靴下ッ！　変身が解けた際のお恥ずかしさがガッツリ詰め込まれているのを、バッチリ見てましたよ！」

処刑台のところで神に誓って証言されていたので、その時点から見ていたらしい。

「早速実食！　あーん……んん、これはこれは。とろろ昆布のような食感に、乾物のような熟成された旨《うま》みが噛めば噛むほど――おぼろげぁ!?」

ブバッ！　と神様が突然虹色の何かを噴き出した。

「えっ、か、神様!?」

「おええ、まっず、なにこれ不味いぃぃぃ……タルタルソースぶっかけた粘土みたいな味がすりゅぅ……」

神様はえずきながら涙目でそう言った。何ソレ不味そう。


「……その、やっぱり老婆はダメでしたか？」

「んんん、そんなことはないんですが……？　羞恥心はたっぷりなのに……うぇぇ」

「お口直しに、その、こちらを」

と、私はアイシアの靴下を差し出した。折角なので収獲しておいたのだ。もしかしたら老婆はアカンかもしれないと思っていたので、保険として。

「うう、口の中がおんげらげーです。……気を取り直して。いただきま――おぼげ!?」

ブッパ！　と再び虹色の何かを噴き出す神様。

「なんですかこの香り付き食品サンプルみたいな味は……!!　私のこと嫌いなんですか!?

私はカリーナちゃんのこと大好きなのに！　査定0SPです！　どっちも0SPッ！」

「え!?　そんなばかな。ここに来る直前にアイシアとアイシアから採取した獲りたてで……あ！」

と、ここで私は気が付いた。マリリン船長とアイシア。その共通点に。ショゴスだ。神器ショゴス。神様が作った道具、ショゴスを使ったことにより……


靴下に『神様味』がついてしまったのである!!


「……というわけで、その……」

「それだぁ！　反省してください！　反省！　反省！　大反省ッ！」

神様は床をぺちぺち叩きつつ怒った。

「今日は罰としてスイーツで端数分、660SP使うまで帰しませんよッ！」

「端数デカッ!?　次から気を付けます……」

と、私は複製不可の消え物に神器1個分以上のSPを使わさせられた。

トホホ……でもSPを無条件没収とかじゃないあたり、まだ優しいな神様ってば。

＊＊＊

それで、私はマリンベル海賊団の本拠地、マリンベル島の山の中にやってきた。

神様曰く「ここに口直しに丁度いい靴下あるから獲ってきて」だそうだ。そんな山の中に靴下が……とか思っていたら、神様の言った通りボロ小屋が山中にあった。

「……靴下、ってか多分人だよなぁ。あのー、すみませーん。ノックしてもしもーし」

「はーい。あら？」

小屋から出てきた人物と目が合う。眼帯を着けた赤髪の女性。ツインテール。ハリのある若い肌に、むちっとしたお尻。

「……マリリン船長？」

「あ、おばちゃまの知り合いですか？」

その少女は戸惑いながらそう言った。おばちゃま、ということは、マリリン船長の血縁なのだろう。若い姿のマリリン船長にとてもよく似ている。

「アタシの名前はマリン・マリンベル。マリンベル海賊団の次期船長ですよ！」

「ほほう。マリンとマリリン、名前がよく似てるね」

「そういう家系なので。……今はこのボロ小屋で過ごしてますが、いずれはこの海の覇者となる女です！　今のうちにサインあげましょうか？」

ドヤァ、と胸を張るマリン。

「……あー。その。非常に言いにくいのだけど。マリンベル海賊団は解散しました」

「え？」

「マリンベル海賊団は解散しました。海賊船もぶっ壊れてバラバラです」

「ええ!?」

マリンは唖然《あぜん》として固まった。目の前で手をひらひらさせると、ハッと動くマリン。

「あ、あの。マリリンおばちゃまの持っていたお宝は……？」

「全部回収されました」

「……」

マリンはまた言葉を失った。と、今度は自力で復活。

「アタシは……船長に、なれない……!?」

「船がないので、まぁ」

残念ながらそういうことだ。

で。ついでに色々聞き取りを行ったところ、マリリンはショゴスで変身する際の「お手本」としてマリンを山小屋に置いていたことが判明した。年老いたマリリンは、その若い姿を思い出すために血縁のマリンをコッソリ囲っていたらしい。

「というかおばちゃまが捕まって海賊団が解散したってことは、このまま島にいても面倒見てくれる人がいなくて、飢え死にするだけってコトじゃないですか!?」

「あ、そうですね。ご愁傷さまです」

「せめて本土に！　本土に連れていってください！　お代は払いますからぁ！」

神様、これを読んでいたというのか……？　もちろんお代は靴下で払ってもらった。

尚、マリンちゃん靴下のお味は「焦燥感がまずまずの味ですね！　まぁ口直しなのでこんなもんで」とのこと。一応10SP貰えた。ちゃりーん。

……この10SPは端数分から免除してもらえたので、残高は1010SPな！　端数とは一体……いやよそう。余計なこと言うと無駄に使わされるだけだ。

＊　＊　＊

かくして神様の怒りも解けて、無事諸々が解決。私はお土産（220SPのプリンパフェ3つ）を手にスッキリした気分でアイシアとディア君の待つ拠点に戻ってきた。

「ただいまぁー」

「おかえりなさいませあるじ様」

……アイシアは、ショゴスを使ったものの1回こっきりすぐ解除したから、2、3日したら影響が抜けるだろうとのこと。ここまで靴下熟成させてたのになぁ。やり直しかぁ。

「あ、おかえりなさいお姉さん」

と、ディア君も出迎えてくれた。ワンピース着てる！　やっぱ可愛いなディア君。

なんというか、悪くないよね。ただいまとおかえりを言える生活。それが美少女2人とセットだと尚更だ！（ただし片方は観賞用美少女）
これはこれで、私が求めたスローライフなのではなかろうか。もっとこう、肉欲に溺れる爛《ただ》れた生活を送りたいという欲望もあるけど。今はこれで。うん。神様にショゴス没収されちゃったのもあるしね……

……


いややっぱりシュンライ亭に毎日通えるくらいのお金を稼ぎたいよねッ！

っていうか観賞用美少女ってやっぱりこう、生殺しなんだよ！　手出ししたい！　ちゅっちゅしたい！　抱きしめて頭のニオイ嗅ぐくらいで我慢しろとかさぁ……！

　というわけで次の目標はお金稼ぎだ。靴下や神器は一旦置いておこう。神様が文句言ってくるかもしれないけど構うもんか。私は私のしたいように生きるんだぁ!!　やりたいことをヤるんだ私はッ！

　……まぁ？　その過程で靴下が手に入るなら？　捧げるのもやぶさかじゃないけど。

「そうそう。今回の報酬でお土産買ってきたよ。増やせないから味わって食べようね」

と、私は220SPのプリンパフェを取り出した。尚、神様スイーツは複製不可なので大変貴重な品だ。

「あ、あるじ様、これは……なんか神々しいですね」

「お。分かる？」

　ちなみにこちら、お酒は入っていませんが『お酒に酔ったような効果』が得られるというディア君のような子供でも安心して食べられる不思議スイーツです！　うふふ、これで健康に配慮した上で酔っ払った可愛い美少女が見られるって寸法よ……

「いただきまーす」

　早速スプーンで上の方のソフトクリームをすくってぱくりと一口。ぶわっとひんやり心地よい甘さが口から脳天、足先へと駆け抜けた。ほわぁなぁにこれ、美味し……！

「……お姉さん、これ食べても大丈夫なんですか？　変な薬とか入ってないですよね？」

「あー、大丈夫大丈夫、神様そういうことしない人だから……うわ美味っ」

見た目はデパートにあるようなプリンパフェ。しかしその味は次元が2段階違う。一口毎に身体の細胞が喝采して、ほぅとため息が漏れる美味しさだ。

「こ、こんな……口の中でふわっととろけて、程よい苦みのカラメルソースのおかげでいつまでも幸せが続きますよ!? このメロンもまた格別! 噛めば甘い蜜がじゅわわっと口を潤して……くっ、吟遊詩人の私が言葉で言い表せない美味しさだなんて!」

「っ、これはチョコ……!? 細い棒の焼き菓子にチョコが塗ってあって、口内でしゃくっと小気味よい噛み心地! んぐ、手が、口が止まりませんっ!?」

最初は戸惑っていた2人も、食べ始めると夢中で食べていく。……なるほどこれは何か変な薬とか入っててもおかしくないって思っちゃうね。同僚《シエスタ》がハマるのも分かるなこれ……パフェ……うま……!!

気が付けばパフェはガラスの器だけ残して、クリームの跡も残さず消えていた。

「美味しかった……」

「天国を見ました……このスイーツを食べるために戦争が起きても不思議はないですね」

「ボクもこんなの初めてです……っ」

ふわふわした幸せな気持ちがリビングを満たす。あー、すごい満足感。さすが220S

Pするだけのことはある。カタログだけだと普通のパフェに見えたけど、これはまた食べたくなっちゃうなぁ。ふわふわと幸せな感じ。

「……お姉さん、これ、美味しすぎます……」

「私も同感ですあるじ様。身体が溶けるかと思いました……」

「ッッッ！」

2人のほにゃっとした笑顔。くぅ、キュンと来た！　下腹部にキュンと来たよ！　そう、これが見たかった……！　上気した頬、潤んだ瞳、幸せそうにピクッピクッと震える身体。料理漫画の超絶料理を食べたらこんな感じになるんだなぁ。観賞用美少女のディア君も、すっかりメシの顔しやがって……ってやつですわ！

「……あ。お姉さん。ほっぺにクリームがついてますよ？」

「んぇ？」

と、潤んだ瞳のディア君が、身を乗り出してはむっと私のほっぺに吸い付いてきた。ぷにゅ、れろんっとした柔らかな舌の触感。スイーツの余韻もあり、ぴくんっと私の芯に舌の熱が響く。

「おいし……」

クリームを味わって、ディア君がうっとりと微笑んだ。ドキッと私の胸が高鳴る。

「あ、あの、ディア君？」

「……え？　あっ、ご、ごめんなさいっ！　身体が勝手に……!!」

余韻が解けたのか、ババッと後ずさって、顔を赤くして謝罪するディア君。

「ぼ、ボク、部屋に戻ってますね!!」

真っ赤な照れ顔で、ディア君は逃げるように部屋に戻っていった。


……よほどスイーツに魅了されていたのだろう。とはいえ、その、えっと。

「どうしよアイシア。ディア君にチューされちゃった……！」

「チュー、ですかね？　でも……あるじ様、まんざらでもない顔されていますね」

「んん!?」

思わず顔を触って確かめると、頬が上がってるのが分かった。な、なんてこった。ディア君はいくら可愛くても男。鑑賞用美少女だというのに！

くぅ、見た目が美少女だから、美少女にチューされて身体が喜んじゃった……！　まだ心臓がドキドキしてるよぅ。

「……あるじ様。私がチューしても喜んでくださいますか？」

「え、もちろん喜ぶけど？」

「では、私もあるじ様についてるクリームを舐めさせていただきますね？」

と、アイシアが私に顔を近づけてきた。あ、ちょ、そこ別にクリームついてない、あ、ああーっ!? 服の中! アイシア? アイシアさんッ!?

「……誘われて嬉しかったんですよ? なのに、何もせず部屋に戻されて……」

「そ、そうなの? ああっせめてお部屋で! お部屋でお願いします!!」

本心かどうかは分からないけど、アイシアがこんな積極的に……か、神様のスイーツやっぱりしゅごぃ……! これならまたスイーツにSP使っても……

……って、そうか! これはただSP使わせただけじゃない。またスイーツにSPを使わせる布石だ!? おのれ神様! 実はやっぱり悪魔とか邪神だとしても驚かねぇぞ!!

ホント神様ってば私の操縦が上手いんだからぁ!!

＊＊＊

ふぅ……かくして私はスッキリした気持ちで朝日を拝む。

「あるじ様。朝食をお持ちしました」

と、アイシアが食事をトレーにのせてベッドに持ってきてくれた。優雅なブレックファーストインベッド。サンドイッチだわーい。

「ありがとうアイシア。……そういえば昨日の晩ご飯わすれてた。ディア君とか大丈夫だったかな？」

「大丈夫だったと思いますよ。昨日はスイーツを食べましたし、私達もご飯を食べずに運動し続けてましたでしょう」

言われてみれば、スイーツ食べてから朝まで運動してたけど、空腹にならずに動き続けられた。これも神様スイーツの効果の一つだったのかもしれない。すごいカロリーを秘めている可能性……これを食べまくっているであろうシエスタが太ってないあたりそこらへん都合のいいようになっていると思うが……

あ、でもシエスタはサキュバスだった。そこらへん人間と違ってカロリーは全て胸に行くとか主食が精気でスイーツからカロリーが摂取できないという線もあるな。

「ディア様の分はリビングのテーブルに置いておきましたので、大丈夫ですよ」

「おお、仕事ができる子だぁ……」

「同然です。あるじ様の自慢できる奴隷でありたいですから」

うん、良い買い物だったよ。もぐもぐ。

「今日はどういたしますか？」

「ん、今後についてディア君とも話し合うか……あ、ゴーレムの手入れもしたいな」

「かしこまりました」

そういえば、ソラシドーレにももう帰っておかしくない時間。ハルミカヅチお姉様にローションを納品しに行くのも良いなぁ。儲けはあんまりないけど、ディア君と作ったマッサージ魔道具、デンマもある。これを併せて見せてみよう、ハルミカヅチお姉様ならきっとこの製品の良さも分かるはず！　私も昨日アイシアと動作試験して性能を確認したので太鼓判を押しておススメできるぞ。


フフフ、そしてこのデンマで儲けたら、シュンライ亭に通い放題ってなもんよ。というわけで次の目標はお金稼ぎッ！　商人としてガッツリ稼いで、めいっぱい遊ぶんだからねっ!!


朝ご飯を平らげ、リビングに向かう。

「というわけでディア君！　デンマをたくさん作って売るよ！」

「ひゃっ、あ、は、はい、お姉さん……」

ばーん、とリビングに居たディア君に今後の予定を告げると、ディア君は私を見て若干挙動不審に返事をしてきた。……デンマがエッチな道具だとバレてしまったか!?

「その、昨日はすみませんでした……あのスイーツが、とても美味しくてタガがはずれてしまったというか……」

あ、いや違う。昨日ちゅーされたんだった。バレたわけじゃなかった、ホッ……いや思い出すとまだドキドキすんな。そのあとアイシアともっと色々したというのに。ディア君の顔が良すぎるのだ。

「せ、責任は取りますので!!」

「だ、大丈夫だよ！　女の子同士だし気にしないで！　むしろ私が神様スイーツ食べさせたせいだし……」

「……あの、ボクは男なんですが？」

「女の子だよ！　可愛いから！」

「え、その判定おかしくないですか？……お姉さんがそれでいいなら、いいですけど」

ちなみにディア君は、寝起きでキャミソールだった。可愛らしい。

「朝ご飯も丁度食べ終わりましたし、早速工作室へ行きましょうか」

「よーし、たくさん作っちゃうぞー……売れるかな？」

「錬金術初心者のボクでも作れるくらいには単純なものですし、売れるかと言えばどうでしょう？　もうあったりしませんか？」

言われてみれば、簡単すぎるアイテムだ。既に作られていてもおかしくない、

「……とりあえず10個くらいにしておこうか。改良するかもしれないし」

「そうですね」

と、私は木材を空間魔法で加工する。そして、内部に魔法陣をプリント。スイッチ部分を……って、あれ？　これディア君の仕事ないな？

「お姉さんにかかれば、簡単に作れちゃいますね」

「なんてこった……となると、ディア君には別の何かを作ってもらおうかなぁ」

うーん、と考える。あ、そうだ。


「お風呂。お風呂作ろう。そしてディア君はお風呂に置くライトを作ってもらおう！」

空間魔法を使えば明るい部屋にすることはできるが、調整を毎回私がしないといけないのは面倒くさい。そのために明るさ調整のできるライトが欲しい。

「ライトですか……お風呂のデザインに合わせたいですね」

「となると、お風呂のデザインから作る必要があるのか……とりあえずトイレの明かりから作ってもらえる？　その間にアイディアを固める！」

「分かりました。ボクの部屋のライトも作っていいですか？」

「いいよ。そういや私が部屋の明かりを調整しなきゃ明るいままになっちゃうもんな」

空間魔法による空間自体の明かりだけだと調整が面倒だからね。私の部屋だけならともかく、ディア君の部屋の明かりは自分でオンオフできる方が良い。

ディア君にはライトを頼み、私はお風呂を作ることにした。

「やっぱり湯船と言うくらいだし、ボートとか使えば作れるのかな？　でも、そこが平らじゃないからガタガタ揺れそうなんだよねぇ」

「お姉さん、先日リビングの隣に海を作ってましたよね？　あれはどうやりました？」

「え？　そりゃ地面をへこませて――ああ。あれと同じようにすればボート使う必要もないのか。そうかぁ、頭いいなぁディア君。いい子いい子」

「こ、子供扱いしないでください……んん」

頭を撫でると、文句言いつつも嬉しそうに目を細めるディア君。可愛い。

ついでに空間魔法の温度調整で湯加減も簡単調整できる。水の汚れの分離除去も。そうなるとお風呂係は私になりそうだけども。

サウナ作るのもいいなー。水風呂も。ふふふ、捗《はかど》るぞぉ！

「海が作れるなら、畑も作れそうですね」

「お。それもいいな。太陽光を窓から入れて、土や水も外から持ってくれれば……種とかも買えば作れるし、なんなら森から果物の樹を移植するって手もある」

いっそ外で畑を作って直通の扉でも作るのもいい。どこかの町で土地買うのもアリだ。

「なんでもアリですね、お姉さんの魔法」

「そうなんだ、なんでもアリなんだ。神様に貰った魔法だからねぇ」

「世界を救うためには、このくらいの力が必要ってことなんですね」

……いやぁ、自称混沌神《ラスボス》のジジイをいたぶるのにも過剰だったよ。うん。


「それじゃ、ボクは部屋の明かりにする光の魔道具を作りますね。仕上げや複製はカリーナお姉さんにお任せすることになりますが」

「うん、任せて！」

頼もしいなぁディア君。とはいっても、ディア君に作ってもらうわけにもいかない自分用の魔道具もあるので、私も魔道具作れるようにならないとね。

ただし、ただのマッサージ器具については健全なのでディア君に手伝ってもらっても良いものとする。

「ところでディア君。先日作ったマッサージ器具を小型化したいんだけど」

「小型化ですか？　なら魔法陣の大きさを小さくしつつ、出力は大きくして……」

マッサージ器具の小型化だけならディア君に手伝ってもらっても良いものとする！

というわけで、ディア君に魔道具を作ってもらい、私はお風呂を作る。

ただへこませただけで完成とは言いがたいので、お風呂のふちには温泉っぽく石を並べて置いてみるか。石は外に出ればわりとそこらへんにある。ある程度大きくて丸っこいのは川の付近を探せばあっという間だ。ていうか、水も川から引いてこようかな。オーブン並みの高温に設定したパイプ状の空間を通すことで殺菌、のちに適度に冷ましたものを垂れ流しで注ぐ感じで。浴槽の他にも排水溝をつけて、あふれた湯は元の川の水程度に冷まして適当に森の中に垂れ流せばいい。

……ソラシドーレ近くの山で川の石を選んでいるとイノシシが襲い掛かってきたので今日の晩ご飯はイノシシステーキだな。野菜も欲しくなる。

「エリアカッター、からの、血抜き！」

イノシシは即座に食肉になった。……この血はどうしようかなぁ。と、空間魔法で強引に吸い取った血の球体だが、このまま捨てるのもなんかポイ捨てみたいで気が引ける。

……ポーションの素材にでもしてみようかな？　とっておこう。時間止めときゃ腐らないし。

尚、普通に野営するときはそれほど血抜きはしないし、仮に血を抜いても土を掘って埋めて捨てるのが普通の手順だ、とブレイド先輩に教えてもらった。モンスターを呼び寄せてしまうからちゃんと埋めるのだ。

別にモンスターに囲まれたところで無双すればいいだけなんだが、まぁそれはそれ。私は手頃な石を収納し、拠点に帰った。

＊＊＊

「ディア君見て見てー！　露天温泉風お風呂完成したよ！」

「こちらも明かりの魔道具の魔法陣ができました。1つの魔法陣で無段階明るさ調整をできるようにしてみたんです！」

「うわすげぇ、無段階明るさ調整を明かりの魔法陣に組み込んだの？……通常何個かの魔法陣に分けるって書いてあったのに1つにできるもんなのか。はー、こんなんできるんだ……ちゃんと暗くすると魔力節約になるんだ、へぇー！」

「メンテナンスを考えると分けた方が良いんですが、魔石の節約を考えるとできるだけまとめた方が良いんですよ。ライトは日用品ですからね」

ディア君が着実に錬金術（魔道具科）の道を歩んでいる……！　可愛いうえに優秀な魔道具錬金術師とか最強だな。フトモモむちむちしそう。

「次は周囲の明るさを検知して、自動で一定の明るさになるようなのを作ろうと思ってます。無段階調整はその前段階ですね」

「重さの違う荷物を常に一定の高さに持ち上げる、とかそういうのにも使えそうだねぇ」

「そうですね！　これはゴーレムにも応用できると思います！」

むふー、と得意げに笑うディア君。工学系女子っぽくて可愛いぞ。スパナ持たせたい。


「お姉さんのお風呂の方はどうですか？」

「うん、こっちも中々風情がある感じに仕上がったよ。おいでおいで」

ディア君を連れてお風呂に向かう。そこには、露天風呂があった。正確には壁一面が大きな窓になっており、大自然を眺めつつお風呂に入れるというヤツだ。身体を洗うスペースもあるぞ。自然由来の石鹸とかだから、排水を森に流しても大丈夫。多分。

「へぇ、広々としてていいですね。……これどこです？」

「この石拾った、ソラシドーレ近くの川を登っていったとこ。あっちから入ってこられたりはしないから魔物が目の前に来ても安心だよ」

一応外側からは触れないし見えないようになってる。定点カメラだ。もっと世界中のいろんなポイントに切り替えられるようにしても良いかもしれない。絶景を探して旅するのもアリだな。

「どう、一緒に入る？　背中流してあげるよ？」

「ふぁっ!?　え、ええっと、遠慮しておきますっ！　あ、いや、決してイヤというわけではないですがっ!!」

顔を真っ赤にして断るディア君。からかい甲斐があるなぁ、そういうとこ大好きだよ！


……と、いうわけで一番風呂は私とアイシアでいただくことにした。

「これからは、いつでも身を清められますね、あるじ様」

「そうだねぇ……ああ、ぬくぬく」

アイシアと一緒にお風呂を堪能する。……血行が良くなって赤くなった頬が可愛らしい。ぷに、とつついてみる。すべすべぷにぷに。これ私のモノなんだよなぁ……えへへ。

「この照明、ディア様が作られたんですよね。私もあるじ様のお役に立たないと……」

「アイシアは家事してくれるじゃん。立派に役立ってるよ、アイシアいないと困るもん」

「そう言っていただけると嬉しいです」

にこっと笑うアイシア。

「あるじ様、そういえばなんですが、次の目的はお金稼ぎなんですよね？」

「え？　うん。そうだね」

「これ、多分すごくお金になりますよ」

アイシアはぽんぽんと自分の腕を軽く叩く。アイシアを売れって？　いやいやそんな。

「……違います。ほら、私の腕を生やしたじゃないですか？」

「ん？　そうだね」

「回復魔法を売るんです！　本当なら、教会にすごいお金出さないと治せないんですよ」

しかも教会の上層部に対する伝手も必要になるらしい。そうだったのか……！

「おお、それは良いことを聞いたよ！……ん？　でも教会の上層部って？」

いや、普通に考えたら上層部とかあるんだろうけど……シスター《シエスタ》のすぐ上に神様がいるもんだからまったく想像できない。ってか私も神様直属の末端？　神様から数えて上から2番目なら立派に上層部だよね。

というわけで、私が割り込んでお金稼いでもよさそうだな！


よーし、ソラシドーレに戻ったら、色々奔走するぞー！

あとがき

ホントはここまでで1巻のつもりでWeb版を書いてました。2巻です。ついにメインヒロインのディア君が登場しました。カリーナちゃんによる養殖男の娘です。これでここからディア君が女の子になれば、身体が男女、心も男女で丁度いいカップルですね！　すごい好きそういうの。男なんて対象外と言い切るはずのカリーナちゃんがディア君にラブラブするまで行ったら最高ですわ。そこまで書きたいので応援ください。

大きな感謝を。皆様のおかげで本が出せます！　ついでに口コミで「この小説、すっごく好き」と広めてやってください。よろしくお願いします、目指せアニメ化。

きっと！　皆さんの応援があれば！　行けると思うんですよぉぉお!!

おっと、そろそろ小説の内容についてネタバレ裏話をしていこうと思います。未読は引きかえして、しっかり読んでからもう一度きてください。ネタバレを気にしないならどうぞこのまま読み進めてください。よし、いいな？　警告はしたぞ。では話しますよ、ヨーソロー！

おっぱい大好きカリーナちゃん。今回はハルミカヅチお姉様のお使いで港町へやってきました。そこで出会ったのは赤髪の女海賊――Ｗｅｂ版にはない変化です。これは１巻の方でＷｅｂ版のゴメスみたいなのを出しちゃったので、美女の船長を採用することでバランスを取ろうということになったからですね。どこかで見たようなキャラというのはご愛敬。とある方のファンなので影響された可能性が高いです。だって海賊で船長だよ？　これもうやるしかないと思って……やっちゃいました。あくまでモデルですが。ええはい。こちらはあくまでもモデルにしただけのキャラです。そして一方で幹部に格下げのゴメスは論外な外道になりました。こいつ、やりやがった……！　そしてあの末路。

船が襲われるシーンも追加しました。こちらはディア君関係ですね。メインヒロインの成長を表すためにも、最初に無力に襲われるシーンが欲しかった。ごめんねクミンさん。でもこちらはちゃんと助かりましたので。クミンさんだったから、貞操も無事で済みました。これがディア君だったら食べられていたに違いない……。

最後にお知らせをば。なんとコミカライズ企画が進行中。鋭意制作中ですわよ！　期待が高まりますね！　この後にコミカライズのキャラデザを載せてくれるそうです。わくわく！　それでは皆さん、次は３巻でお会いしましょう！

鬼影スパナ

瞳孔は黒いが
ハイライトが中心より
形は同じ
神様は瞳孔を白抜き
神様
カリーナ・ショーニン
ブレイド先輩
ハルミカヅチ
サティ
アイシア

ファンレター、作品のご感想をお待ちしています!

【宛先】
〒104-0041
東京都中央区新富 1-3-7　ヨドコウビル
株式会社マイクロマガジン社
GCN文庫編集部

鬼影スパナ先生 係
lxy 先生 係

本書はWEBに掲載されていた物語を、加筆修正のうえ文庫化したものです。